时代记忆文丛

田间诗歌精选

田间 著　田春生 选编

青海人民出版社

图书在版编目（CIP）数据

田间诗歌精选 / 田间著；田春生选编 . -- 西宁：青海人民出版社，2020.6
（时代记忆文丛）
ISBN 978-7-225-05968-6

Ⅰ. ①田… Ⅱ. ①田… ②田… Ⅲ. ①诗集—中国—当代 Ⅳ. ① I227

中国版本图书馆 CIP 数据核字 (2020) 第 084223 号

时代记忆文丛

田间诗歌精选

田　间　著

田春生　选编

出 版 人　樊原成
出版发行　青海人民出版社有限责任公司
西宁市五四西路 71 号　邮政编码：810023　电话：（0971）6143426（总编室）
发行热线　（0971）6143516 / 6137730
网　　址　http://www.qhrmcbs.com
印　　刷　陕西龙山海天艺术印务有限公司
经　　销　新华书店
开　　本　890 mm × 1240 mm　1/32
印　　张　10.625
字　　数　200 千
版　　次　2020 年 8 月第 1 版　2020 年 8 月第 1 次印刷
书　　号　ISBN 978-7-225-05968-6
定　　价　66.00 元

总　序

“人民文学”的传统在当代

李云雷

20 世纪中国最重要的事件是中国革命和改革开放，中国革命的胜利使中国彻底摆脱了半殖民地半封建社会，获得了民族独立，“中国人民从此站起来了”；改革开放的成功则让中国走出了一穷二白的状态，奠定了民族复兴的基础。在 21 世纪的今天，我们正走在中华民族伟大复兴的征程上，当回望 20 世纪的时候，我们应该感激与铭记中国革命与改革开放，或许我们身在其中并不觉得有什么特别，但是放眼世界我们就会发现，并不是所有国家的革命都能够获得胜利，在 20 世纪末仍大体保持着 19 世纪末古老帝国版图的，只有中国；也并不是所有国家都能够进行改革开放，都能够取得改革开放的成功，或者说能够顺利推进改革开放并使国势国运日趋向上的，也只有中国。中国革命和改革开放是 20 世纪中国最重要的遗产，也是我们在 21 世纪不断开拓进取、实现民族复兴最重要的根基。

“人民文学”是在中国革命的进程中产生，并对中国革命、建设、改革产生重要影响的文学。在这里,我们所说的“人民文学”是一种泛指，在不同的历史时期曾被称为“革命文学”“解放区文学”“十七年文学”等，又在不同的理论视域中被命名为“左翼文学”“社会主义文学”“红色文学”等，“人民文学”的概念既是对上述各种称谓的通约性表达，也是在新的历史语境中的一种通俗性表达。“人民文学”与 20 世纪中国革命紧紧联系在一起，既是 20 世纪中国革命组织、动员的一种方式，也是其在文化上的一种表达。“人民文学”的重要性体现在它在转变观念、凝聚情感、社会动员与组织，以及寓教于乐等方面所发挥的作用。在 1940—1970 年代，中国内忧外患不断，生产力低下，群众的识字率较低、知识文化水平贫乏、娱乐方式简单，“人民文学”在那时起到了独特而重要的作用。作为一种文化政治传统，“人民文学”伴随 20 世纪中国革命以及建国后的社会主义建设实践而逐渐生成，并以不同方式在改革开放的历史语境中延续和变迁，它直接参与和内在于现代中国的进程，发挥着独特的革命文化能量，进而建构了新的社会主义文化经验和价值传统。

“人民文学”在 1940—1970 年代的中国文学界曾占据主流，但在改革开放的历史新时期，对“人民文学”的评价却发生了分歧与分裂，其中既有 20 世纪 80 年代、90 年代和 21 世纪初等不同时期的差异，也有国家、文学界、知识界等不同层面的差异，以下我们对这些分歧简单做一下勾勒，并对“人民文学”在新时代的状况做出分析。

在 20 世纪 80 年代，伴随着对“文革文学”的批判与反思，中国文学进入了一个繁荣发展的新时期，文学思潮层出不穷，从“伤痕文学”“反思文学”到“改革文学”“知青文学”，再到“寻根文学”“先锋文学”，获得解放的文学释放出无穷的活力。在政治层面，中国进入了一个思想解放的时期，文艺政策也从“为政治服务”调整为“为人民服务，为社会主义服务”。在知识界，则发生了一场声势浩大的新启蒙运动。文学上的种种变化，被后来的文学史家概括为从“一体化到多元化”的转变，所谓“一体化”是指“人民文学”从 1940 年代到 1970 年代逐渐占据主流、成为主体，并趋于激进化的过程，而“多元化”则是指“一体化”因“文革文艺”的泡沫化而终止,逐渐走向开放、多元的过程。在这一历史时期，曾被激进的“文革文艺”压抑的其他文艺派别获得了重新评价，这些文艺派别既包括左翼文学内部的周扬、冯雪峰、胡风等人的文艺理论，丁玲、赵树理、孙犁、路翎等人的小说，也包括左翼文学之外的其他派别，比如自由主义文学、新月派、京派文学，等等，但在 80 年代，所谓“多元化”仍有其边界，大致限于“新文学”的范围之内，但这要到时代的进一步发展之后才能为我们知悉。1980 年代的文学大致以 1985 年为界，呈现出迥然不同的样貌，在 1985 年之前，左翼文学与现实主义仍然占据主流，而在 1985 年之后，先锋文学与现代主义蔚然成风，逐渐占据了文学界的主流，而这则伴随着文学评价标准的重大变化，那就是从革命化到现代化、从人民文学到精英文学的转变。在这一过程中,以“重写文学史”的兴起为标志，对“人民文学”的评价逐渐走低,以“写什么和怎么写”的讨论为中心，对现实主义作品的评价也逐渐走低，或许在一个渴望转变与新异的时代，这样的变化也是难免的，要等到一个新的时代，我们才能对之进行客观冷静的评价。

在 1990 年代，市场化大潮席卷而来，文学界与知识界也产生了分化与争论。1993 年、1994 年发生的“人文精神大讨论”突显了作家与知识分子面对市场大潮的分歧，一些作家与知识分子热烈拥抱市场化与世俗化大潮，而另一些作家与知识分子则在市场大潮中坚守道德理想，或者坚守个人的岗位意识。与此同时，大众文化迅速崛起，影视与流行音乐逐渐占据了文化领域的中心位置，文学的位置开始边缘化。在文学界内部，伴随着金庸、琼瑶等通俗小说的流行，以前备受“新文学”压抑的通俗文学获得了重新评价的机会，从鸳鸯蝴蝶派到张恨水，从还珠楼主到港台新武侠，都获得了前所未有的关注。“多元化”的发展突破了“新文学”的界限，而逐渐开始向通俗文学、流行文学开放，文学评价的标准也逐渐向是否能够畅销，是否能够获得市场与读者的认可转移。在这样的潮流中，“新文学”的传统趋于边缘化，“人民文学”则处于边缘的边缘。但是在知识界，也出现了重新评价左翼文学的“再解读”思潮，他们从现代化、现代性的视角重新审视左翼文学的经典作品，对之做出了与革命史视野不同的阐释，不过这种解读更多借助于西方的“市民社会”“公共空间”等理论资源，其中不乏深刻的洞见，但也有凿枘不合之处。发生在 1997 年、1998 年的“新左派与自由主义论争”，显示了 80 年代新启蒙知识分子的分裂，他们在如何认识中国、如何评价中国革命、如何看待中国与世界等诸多问题上产生了深刻分歧，自由主义者更认可西方的普世价值与世界体系，但是新左派借助于新的理论资源，更认可中国道路的主体性与独特性。这一论争是 20 世纪最后一场思想论争，也是迄今为止影响最大的思想争鸣，这一论争主要发生于人文领域，其中很少看到文学知识分子的身影。但这一论争涉及对中国革命与红色经典的评价问题，也为人们重新认识红色文学打开了新的视野。

在 21 世纪最初 10 年，市场化大潮与大众文化的深刻影响仍在持续，但是在文学界内部，又出现了新的因素，那就是网络文学的迅速崛起，网络文学借助新的媒体形式，形成了一种新的文学生产、传播与接受方式，也形成了一种新的文学观念与文学模式。在观念上，网络文学打破了“新文学”以来的文学内涵，“新文学”将文学视为一种严肃的精神或艺术上的事业，无论是左翼文学、自由主义文学、“为艺术而艺术”，还是“改革文学”“先锋文学”“寻根文学”，中国现当代文学史上彼此相异与争论的诸多文学思潮，其实都分享着这样共同的文学观念，但是网络文学的出现却改变了这一共识，网络文学重视的是文学的消遣、娱乐、游戏功能，并将之推向了极致，而不再注重文学的教化、启迪、审美等功能，这极大地改变了文学的定位与整体格局。网络文学的盛行催生了穿越、玄幻、盗墓等不同的类型文学，并逐渐形成了一整套成熟的商业模式。与此同时，在更加市场化的环境中，通俗文学占据了越来越多的市场份额，“新文学”与“人民文学”的传统被进一步边缘化，主流文学界只有依靠体制的力量——作协、期刊、出版社——才能够生存下来。在这种情形之下，“底层文学”作为一种新的文艺思潮兴起，对 80 年代以来日趋僵化的“纯文学”及其体制进行了批判与超越，在文学界与社会各界引起了广泛关注。有论者将“底层文学”与“人民文学”的传统联系起来，但围绕这一议题也发生了分歧与争论，纯文学论者竭力贬低底层文学与“人民文学”的传统，但更年轻的一代研究者对之则持更为积极的态度。在文学研究界同样如此，新世纪以来，“左翼文学”“延安文艺”“十七年文学”逐渐成为文学界关注与阐释的热点问题，更年轻的学者倾向于从肯定的视角重新阐释“人民文学”及其经典作家作品，但他们的努力常被主流文学界视为异端与另类。

在 21 世纪第二个 10 年之初，市场化与大众文化进一步发展，网络文学及其商业模式则更趋于成熟，逐渐形成了“三分天下”的整体文学格局，即纯文学（严肃文学）、畅销书、网络文学三者各据一隅，纯文学（严肃文学）以期刊、作协、评奖为中心，畅销书以出版社与经济效益为中心，网络文学以点击率与IP改编为中心，各自形成了一套相对独立的文学运转与评价体系。但在2014年，这一整体格局开始发生转变。2014年及其之后，习近平总书记发表《在文艺座谈会上的讲话》等一系列关于文艺问题的重要论述，这是继毛泽东《在延安文艺座谈会上的讲话》之后，我党最高领导人首次系统阐释对文艺问题的观点，讲话所提出的“坚持以人民为中心的创作导向”“文艺不要做市场的奴隶”“创作是自己的中心任务，作品是自己的立身之本”等观点，继承了我党“文艺为人民服务，为社会主义服务”的优秀传统，又对文艺界出现的新问题、新现象、新经验做出了分析与判断，为新时代文艺的发展指明了方向，已经改变了并将继续改变文学界的整体格局。

改变之一，是“人民文学”的传统得到弘扬。自20世纪80年代中期以来，“人民文学”传统先后遭遇“先锋文学”、通俗文学、网络文学等巨大变革的挑战，日渐趋于边缘化，虽曾以“底层文学”的名义短暂复兴，而并没有得到主流文学界的认可，但“以人民为中心的创作导向”提出之后，极大地扭转了文学界的整体状况，“人民文学”传统受到重视，红色文学的经典作品也得到重新阐释与更大范围的认可。

改变之二，是“新文学”的观念得以传承。中国的“新文学”虽然有内部不同派别的论争以及不同历史时期的巨大断裂，但却都将文学视为一种精神或艺术上的事业，这一点与通俗文学、类型文学注重消遣娱乐有着本质的不同，习近平总书记系列讲话中将作家艺术家视为“灵魂的工程师”，将文艺视为中华民族伟大复兴进程中的重要力量，指出“文艺是时代前进的号角，最能代表一个时代的风貌，最能引领一个时代的风气”，在这一基点上鼓励探索与创新，这是对新文学观念与传统的认可、尊重与倡导。

改变之三，是“三分天下”的格局得以改观。“三分天下”是各自形成了一套相对独立的文学运转与评价系统，但习近平总书记系列讲话是对文艺界整体讲的，也是对文学界整体讲的，不仅包括纯文学（严肃文学）界，也包括通俗文学、网络文学等领域，目前通俗文学、网络文学领域已经发生了巨大的变化，比如官场小说的转型、科幻小说的兴起，以及网络小说更加关注现实题材，更加注重现实主义等，“三分天下”的格局有望在相互竞争与争鸣中形成一种新的、开放而又统一的评价体系。

但是从另一个角度来说，现在的改变仍然只是初步的，一个突出的表现是《创业史》等人民文学的经典作品虽然得到了国家与政治层面的推崇，也得到了知识界愈发深入的研究，但是在主流文学界并没有内化为重要的写作资源与参照，很多作家心目中的理想作品仍然是中国古典、俄苏 19 世纪批判现实主义以及欧美 20 世纪现代派作品，并未真正将“人民文学”作为自己可资借鉴的重要传统；另一个突出表现是习近平总书记《在文艺座谈会上的讲话》发表已经 5 年，但并没有真正出现“以人民为中心的创作导向”的经典作品，现有的艺术性较高的优秀作品并没有坚持以人民为中心的创作导向，而有些试图坚持以人民为中心的创作导向的作品则在思想性、艺术性上存在不少缺憾，并没有达到更高层次上的融合与统一。这似乎也很难归咎于作家努力得不够，一个人思想观念的转变是艰难的，而新时期以来“人民文学”及其传统的不断边缘化，红色文学被贬低几乎成为文学界的集体无意识，要转变这样的观念，需要我们做出更加艰苦的努力。

在今天，我们需要在新的时代背景下重新认识“人民文学”的合理性与历史经验，重新梳理新中国前三十年与后四十年文学的关系，重新理解文学与人民、时代、生活的关系，面对21世纪正在渐次展开的历史，我们应该从“人民文学”中汲取理想主义等稀缺性精神资源，从而创造中国文学新的未来。

在这种情况下，青海人民出版社编辑出版的《时代记忆文丛》显示了历史性与前瞻性的眼光，将对重新认识和发掘“人民文学”的精神资源，传承“人民文学”的优秀传统产生重要影响。此套丛书邀请前沿学者或熟谙作品的作者子女选编人民文学代表作家的代表作品，选编丁玲、贺敬之、郭小川、李季、艾青、臧克家、赵树理、孙犁、田间、李若冰等经典作家。每种选编作品前置有一篇序言，系统介绍作家生平、创作，梳理关于他们的研究史与评价史，既有历史与文学价值，也具有新时代的眼光与视野，可以让我们看到这些文学前辈是如何在与时代、人民、生活的融合中进行艺术创作的，他们的经验值得我们借鉴，他们的作品值得我们学习。新时代的中国作家只有自觉地继承“人民文学”的传统，才能在“坚持以人民为中心的创作导向”中大有作为，我们期待这套丛书能够为新时代作家的艺术创作提供可资借鉴的资源，也期待这套丛书能受到广大读者的喜爱与欢迎。

2019年10月28日

序

时代的鼓手田间

田春生

阅读田间毕生创作的大量诗歌，审视田间所走过的革命道路，你的耳边仿佛响起擂鼓的声音，你就仿佛听见“时代的鼓手”田间鼓点般的诗作。闻一多称田间为“时代的鼓手”，他是这样形容田间的诗：“这里没有弦外之音”，没有“绕梁三日”的余韵，没有半音，没有任何“花头”，只是一句句朴质、干脆、真诚的话，简短而坚实的句子，就是一声声“鼓点”，单调，但是响亮而沉重，打入你耳中，打在你心上。……它不是那捧着你在幻想中上升的迷魂音乐，它只是一片沉着的鼓声，鼓舞你爱，鼓舞你恨，鼓励你活着，用最高限度的热与力活着，在这大地上。[①]

被闻一多誉为“时代的鼓手”的中国著名诗人田间，原名童天鉴，1916 年 5 月 14 日出生于安徽省无为县开城桥镇羊山乡，是一位农民的儿子。其父童达魁知书达理，见多识广，又深受新学的影响，爱好读

① 原载《闻一多全集》第三卷，引自《中国现代作家选集》第 253—255 页，人民文学出版社 1992 年版。

书藏书，重视子女教育。田间幼时在私塾和私立小学读书，受《诗经》等古典文学的熏陶，对诗歌萌生了浓厚的兴趣，他爱好阅读新文学作品，并开始尝试诗歌创作。小学毕业后，田间到无锡辅仁中学读书，一年后转入南京安徽中学读书。中学时代，他开始阅读新文学作品，并对诗歌创作产生兴趣。1933 年，田间到上海光华大学（前身为圣约翰大学）学习。次年，受到鲁迅、茅盾、胡风、聂绀弩等左翼文学家的影响，在上海加入中国左翼作家联盟，参加《新诗歌》和《文学丛报》的编辑工作，1935 年任《每周诗歌》主编。在这期间，他看到了旧中国的黑暗，人民受压迫；也看到国民党迫害进步人士，又受到爱国思想的影响，这激起他对国民党统治下的旧中国的愤慨和对劳苦大众的同情。

田间早期的诗歌作品主要着笔于揭露旧中国的黑暗和苦难中的人民。1935 年，上海群众杂志公司作为“每月文库之一”，出版了田间处女作诗集《未明集》，该集共收录短诗 40 首。1936 年 7 月，上海诗人社同时出版《中国牧歌》和《中国·农村底故事》两部诗集。《中国牧歌》由胡风作序，共收录 34 首诗。《中国·农村底故事》由诗人自己作序，共分为三部。这两部诗集主要描写旧中国底层人民的反抗斗争和被迫走上反叛道路，以及中国人民的抗日情绪，与当时红军长征相呼应。这一时期，如本集中所选的《中国牧歌》《我厌恶这春天》《铁工厂》等诗作，都揭露了旧中国的黑暗和人民的痛苦，把在底层挣扎的劳苦大众的处境展现出来。1936 年，茅盾在《文学》上发表《叙事诗的前途》一文，对田间的两本诗集加以评论和肯定，茅盾鼓励道“他的完全摆脱新诗已有形式的束缚，这是很可贵的”[①]。鲁迅先生曾在《文学丛报》上发表了《答托洛斯基派的信》等重要著作，给诗人以莫大的鼓舞。因此，这两本书一经面世，即遭国民党当局查禁并列为“禁书”，

① 《文学》八卷二期，1937 年 2 月，转载于葛文《大风沙中的田间》第 25—26 页。

搜捕作者。为了摆脱险境，1937 年春田间被迫东渡日本东京。在那里他接触到裴多菲、拜伦、马雅可夫斯基的作品。这些著名诗人的诗作，对田间以后的创作产生了积极的影响。

田间以“擂鼓诗人”的战斗姿态登上诗坛，是在抗日战争爆发以后，他最具代表性的诗作就是抗战诗歌。抗日战争的烽火点燃了诗人的爱国热忱，1937 年 7 月，卢沟桥的炮声震惊了中华民族，田间到日本东京才几个月，便毅然返回祖国。从此，他投身到抗战的革命队伍中，走上了为抗战、为革命、为人民而创作的道路。从上海到武汉，从武汉到西安，从西安到延安，从延安到晋察冀，田间激扬奋笔。1937 年 12 月在武昌，田间创作了他抗战诗篇的开山力作《给战斗者》。这篇充满战斗激情的诗篇，是诗人 1937 年冬天在武汉一夜之间写成的，它喊出了国家危难之际中华民族的心声，诗的结尾是：

在诗篇上，
战士底坟场，
会比奴隶的国家
更温暖，
更明亮。

田间在抗战初期的诗作，很多收录在《给战斗者》这部诗集中。《给战斗者》是田间抗战作品的代表作，也是鼓舞我国人民抗战斗志的诗集之一。在这部诗集里，诗人召唤人们奔赴民族解放的战场与敌人进行战斗，是他在这一时期诗歌创作的基调。其中著名诗篇有《中国底春天在鼓舞着全人类》《棕红的土地》《这年代》《回忆着北方》《自由，向我们来了》《她也要杀人》《给战斗者》等。1938 年初春，田间与艾青、萧军、萧红、端木蕻良、聂绀弩等人前往山西临汾，田间等人参加了丁玲领导的八路军“西北战地服务团”，当上一名战地记者。1938 年春，田间在西战团创作了诗集《呈在大风沙里奔走的岗卫们》[①]和《她也要杀人》[②]等。

1938 年春，田间随“西北战地服务团”，到达革命圣地——延安。同年 8 月，田间加入中国共产党。在延安，他与邵子南、柯仲平、林山等文艺界同仁，共同发起街头诗运动并身体力行。1938 年秋天，在延安的“街头诗歌运动日”过程中，创作了闻名遐迩的《假使我们不去打仗》《义勇军》《坚壁》《呵，游击司令》《毛泽东同志》《多一些！》等著名的短诗，也即街头诗。这些街头诗以质朴而简练的语言，发挥了巨大的战斗鼓动作用，号召人们同日本侵略者决战。田间在追述街头诗盛况时写道：街头诗一出现，确实有很多拿着红缨枪的自卫军，站在墙边读诗。

田间的抗战诗歌具有浓厚的时代色彩，这个时代就是中国抗击日本的侵略。他在阐释其抗战诗歌的创作时这样说的，人是时代的产物，诗歌也是如此。[③] 1938 年民族解放的号角响遍各地，诗人也希望诗歌成为武器；诗歌只有深入到广大群众的心中，才能发挥出它的力量，配得上美丽的名字——诗与歌。[④]“街头诗”的表现形式是什么？田间说，“我们自己在奔赴前线的征途中一路写，遇上大的岩石，或被敌人

---

① 田间诗集《呈在大风沙里奔走的岗卫们》，汉口生活书店 1938 年版。该书收录 25 首诗，由丁玲作序，并将其书作为丁玲主编的《西北战地服务丛书》之八。诗中大多抒写和记录了西战团战士们的战地生活，以及歌赞了丁玲、李劫夫、史轮、萧红、萧军、端木蕻良等人。引自郭仁怀著：《田间论》第 7 页，安徽文艺出版社 1998 年版。

②1938 年 6 月作为胡风主编的《七月丛书》出版，1943 年由胡风收进《给战斗者》，1947 年海燕书店易名为《她的歌》出版单行本。

③ 中国现代作家选集《田间》第 220 页，人民文学出版社 1992 年版。

④ 田间：写在《给战斗者》的末页，载《给战斗者》第 220—230 页，人民文学出版社 1978 年版。

烧毁的村落、房舍，都要写上几句。”正是“街头诗”鼓点一般的铿锵有力，战斗性强，闻一多形容说“不只鼓的声律，还有鼓的情绪……爆炸着生命的热与力”。脍炙人口的街头诗如《假使我们不去打仗》，在抗战时期口口相传，曾经鼓舞了千千万万的民众去战斗：

假使我们不去打仗，
敌人用刺刀
杀死了我们，
还要用手指着我们骨头说：
　“看，
　这是奴隶！”

“街头诗”这种诗歌形式，是中国抗战特定时期的产物。它以其简短有力、朗朗上口而广为流传，对激发延安和根据地群众的抗战斗志起了重要作用。“街头诗”很快由延安传到各个抗日根据地。1938 年深秋田间离别延安，也将“街头诗”的创作形式从延安带到晋察冀边区，成为晋察冀“街头诗”（在晋察冀，当时很多诗歌是以诗传单形式作为抗战宣传品）的倡导者和实践者。田间在晋察冀创作的诗作有《下盘》《地道》《我底枪》《参议会随笔》《山谷，夜》等。在抗战时期，田间与晋察冀的诗歌同仁们,如“战地社”的邵子南、史轮、曼晴及“铁流社”的钱丹辉、魏巍、邓康、徐灵等人，在晋察冀开展街头诗宣传。他们用白粉笔、黑木炭在乡村的街头、山路的巨石及被轰炸过的残垣断壁上，创作了大量“街头诗”。这期间，田间作为战地记者亲临战场，参加过著名的百团大战、陈庄歼灭战,“百团大战时我曾到过他（指聂荣臻）

的指挥部，……我在杨成武将军部队中，并跟他们一起在山顶指挥部”①，他与聂荣臻、贺龙、杨成武、萧克等将军在炮火中结下友情。诗人不仅写有战地通讯，而且创作了《名将录》(组诗选)。1956年7月1日，田间应邀出席中国共产党中央在中南海举行的中国共产党成立35周年大会，并有机会与毛泽东主席交谈。毛泽东主席对田间说，你们搞的街头诗运动影响很大，各解放区都写街头诗，对革命起了很大的作用。文艺配合革命，是我们的光荣传统。

田间在艰苦的晋察冀边区生活、战斗，与人民同呼吸共命运，整整度过他人生的十个春秋。他深爱着晋察冀这片热土和那里的人民，也被称为“八路军诗人”“乡土诗人”。1942年毛泽东同志《在延安文艺座谈会上的讲话》的发表，对田间的思想和创作产生很大影响，他从此走上为讴歌底层工农大众而创作的道路。田间在晋察冀做战地记者，晋察冀边区文协成立后任副主任，并被选为北方局文委委员、边区参议员，先后任盂平县委宣传部部长，雁北地委秘书长、宣传部部长，张家口市委宣传部部长，晋察冀军区党委《新群众》杂志社社长。参加了雁北地区的土地改革，这为他的诗歌创作提供了生活素材。这个时期的诗作，不仅保持抗战初期饱满的政治热情，而且具有浓厚的生活气息和泥土清香。其诗作主要收集在《抗战诗抄》和《短歌》(后编成《誓词》)等诗集中。

田间的很多诗作都是把抗战题材与农村题材揉合在一起，这一特点在他的叙事诗中尤为明显。他一方面从事基层抗战工作，也时刻不忘在枪林弹雨中写诗，在行军路上写诗，在马背上写诗。这期间，田间相继完成了长诗《亲爱的土地》《铁的子弟兵》《戎冠秀》。诗人于1940年4月在晋察冀边区写成叙事长诗《亲爱的土地》，该诗作大约

①《田间自述》，载《长城文艺论丛》2017年第3期，第75页。

2500多行诗句，并被晋察冀边区“铁流社”油印出版。《亲爱的土地》是他进入根据地所写的第一部长篇叙事诗。1941年，田间又创作了其姐妹篇《铁的子弟兵》。这些作品着力表现革命根据地“新的人物，新的世界”。但是，诗人认为这两部诗作不够完美，始终没有付诸出版。不过，这两部诗作却标志着田间叙事诗发展的转折点。他从早期揭露旧中国的黑暗，变为展现根据地人民的土地改革和翻身解放。田间在他以后所创作的长篇叙事诗中，既有对旧社会的血泪控诉，更有对翻身解放的欢乐歌唱,《换天录》《翻身歌》《一杆红旗》《戎冠秀》《赶车传》则是这方面的主要作品。

1946年田间完成的长篇叙事诗《赶车传》，诗歌中通过贫农石不烂的命运，反映中国农民在中国共产党领导下争取解放的斗争，长诗的主人公石不烂，赶着时代的列车不断向前，诗人通过这部历史画卷，展现了那个时代中国农村翻天覆地的变革和新人的成长，这就是长诗所要表达的主题。《赶车传》是田间长篇叙事诗的一部主要代表作（本诗集中节选了《赶车传》片段）。它的第一部出版于1946年，其余六部是诗人新中国成立后陆续完成的。在艺术上，这部作品采用不拘一格的艺术形式，汲取了大量的民谣作为表现手法(比兴，反复、重迭)和群众口语，音节响亮，情绪激昂，语言晓畅无饰，多采用五、六言体，显得明朗、质朴，富有民歌风味。它是一部恢弘的长诗杰作。1959年作家出版社出版《赶车传》上集,1961年出版《赶车传》下集。“文革”中，诗人的《赶车传》受到批判和围剿，被诬蔑为“美化刘少奇、歌颂错误路线”的大毒草。

新中国成立后，田间由一名战斗者成为和平歌者。1949年田间任察哈尔省文联主任，在第一次全国文代会上，曾得到周恩来总理的热情鼓励，“归队”文艺界。田间先后任中国作协党组成员和创作部部长，

1953年中央文学研究所改为中国作协文学讲习所后任主任，曾长期担任《诗刊》编委、河北省文联主席等职务。

这一时期田间的足迹踏遍了大半个中国，丰富多彩的生活开拓了他的诗歌创作新题材。从银装素裹，千里冰封的北国到百花争艳，枝叶繁茂的新疆；从辽阔的内蒙古草原到战斗的东海之滨，都留下诗人的脚印。在抗美援朝战争中，田间两次奔赴朝鲜战场，与最可爱的人——中国人民志愿军一起度过艰苦卓绝的日日夜夜。1956年到内蒙古包头及黄河两岸访问，写出《马头琴歌集》；1957年到云南访问，写有《芒市见闻》。田间创作了大量的短诗集，诗人彩笔所及，几乎接触到新中国的各个领域，忠实地记录了祖国前进的步伐，描绘了祖国建设的壮美之歌。贯穿这些作品的一个中心主题，就是歌唱新世界。诗人张志民在为田间《天山诗草》[①]所作的序中这样说，诗人想象力是丰富的，从诗的意境到语言结构，都是他人所鲜见的。如田间的《日出》：

你是雪山的晨钟，
你是战士的号筒。

你是天边的火鸟，
你是戈壁的赤马。

你是金翅鸟的红额，
你是骆驼的铜铃。

1954年，田间先后到苏联、东德、罗马尼亚、保加利亚等国进行

① 田间《天山诗草》第4页，作家出版社1987年版。

访问，并完成《欧游札记》。他的诗歌被苏联、日本、法国、东德、罗马尼亚、保加利亚、蒙古等10多个国家翻译出版。《赶车传》(第一部)有德、捷两个译本;《田间诗选》有朝文译本;田间的不少短诗，如《给战斗者》《斯大林颂》等在苏联等国家翻译出版。1962年，田间与冯至等一同出席在开罗举行的亚非作家大会，并写出《非洲游记》等诗篇。20世纪80年代之后，中国文学呈现多元化的开放态势。即使如此，日本、美国等研究中国文学的学者仍然记得田间的诗作。日本著名中国诗歌研究者秋吉久纪夫先生曾在1984年秋天到访过田间家与之进行交流;美国有学者将田间称为“乡土诗人”①。

田间曾为第三届和第五届全国人大代表。“文革”动乱期间，田间备受迫害凌辱，被关押长达8年未回过家，不能与子女谋面。即使在被关押和审查期间，在河北省文联简陋的办公室里，尽管诗歌不能公开发表，田间仍然笔耕不辍，并以笔名红柳署名。1976年粉碎“四人帮”后，中国进入改革开放新时代。田间满怀对中国现代化建设的憧憬，再以激情和对诗歌创作的热爱投入创作，将所写的诗作成集发表。在田间1978年以后所创作发表的诗歌作品中，他始终充满对“四人帮”的恨，对祖国和人民的爱。这期间，田间出版了诗选集，包括有《清明》②《云南行》③《青春中国》④《离宫及其它》⑤《田间诗选》⑥等;还有诗歌创作，如《清明》《问月》《站起》《前行》《春的使者》《献给民族魂》《棒槌峰》

---

① 胡风之子张晓山(现为中国社会科学院学部委员)曾经于1990年代在美国威斯康辛大学做访问学者，回来后曾和作者提及此事。

② 田间：《清明》，河北人民出版社1978年版。

③ 田间：《云南行》，云南人民出版社1982年版。

④ 田间：《青春中国》，陕西人民出版社1984年版。

⑤ 田间：《离宫及其它》，花山文艺出版社1984年版。

⑥《田间诗选》，人民文学出版社1983年版。

等作品。在《前行》(1981 年)中，诗人这样写道：

此刻虽有寒讯，
大地却已逢春。
祖国，
你要拭去泪痕。

新枝应是森林，
大地应是长青。
祖国，
你要扬鞭驰骋。
……
既要唱出千古恨，
又要奏出四化音。
祖国，
寒冬过后日月新。

革命者怎甘止步，
建设者哪有终程。
祖国，
前行前行再前行。

在创作形式和内容上，田间是抗战的宣传者，也是新时代的讴歌者，是新诗形式的探索者。抗战初期，他是以擂鼓诗人的姿态步入诗坛的。1938 年诗人到延安，以及后来在晋察冀长期的生活战斗，诗人有了深入群众生活斗争的机会。愤怒的时代特征，战斗的写作内容，迸射着炽热的感情火花的诗行，急促、跳荡的旋律，构成了诗人那种粗犷雄浑、质朴遒劲的艺术风格。这期间，他有意识地学习了民歌和群众创作，记录并汲取大量的群众口语熔于诗中，使他的诗作抹上了一层民歌风味与色彩，诗的艺术风格趋向民族化和大众化。在20世纪40年代后期，田间诗歌基本上是一种自由体的骨架，同时汲取了民歌、民谣、谚语的语言和表现手法，诗歌的形式通俗自由，趋于口语化并兼有大众化特点。与抗战初期鼓点般的诗句相比，诗人在新中国成立后的诗作有了很大变化，他努力向古典诗歌和民歌学习。新中国成立后，诗人致力于新体格律诗的建构，其创作的诗作，与之前有很大的变化。例如，在《田间诗抄》以及新中国成立后诗人所创作的作品中，我们可以看到，其大部分诗作都做到了“节的匀称和句子的均齐”，音韵和谐流畅，具有新格律体的要素和节律。中国作协主席铁凝在田间百年纪念会（2017年）上对于其诗歌创作是这样评价：“田间是新诗民族化、大众化道路的探索者，他毕生的诗歌创作扎根于古典和民间的中国诗歌传统，不断从鲜活生动的群众口语中汲取营养，他的诗体跨越自由体、信天游、民歌体、新格律体、半格律体等等，为新诗在继承传统基础上的创新发展积累了宝贵的经验。在《海燕颂》《新国风赞》等诗论集中，他对新诗的传统、语言、形式，诗歌发展道路以及诗歌大众化、‘人民诗歌’等问题做了深入的思考，至今依然具有重要的价值。”①

1985年田间因病去世。作为中国新诗的开拓者之一，田间是一位具有独特魅力的诗人。田间诗歌的独特之处，就是它的诗歌中所体现出的“人民性”。他的诗，字字句句体现着对敌人的恨，对人民的爱；他的诗，字里行间充满着火热的时代气息和强烈的爱憎情感。他曾经

① 铁凝忆田间：《琢磨诗歌，就是雕琢自己的灵魂》，《人民日报》2017年1月4日。

说过“作家要用自己的血来写作”，“对生活有热情有爱，对战斗有热情有爱，作品才可能表现出这种热情来”。

田间毕生创作出版了大量的诗作和几十部诗集。本诗选中，我们选取了各个时期田间的一些代表诗作，以期反映诗人在不同时期的创作轨迹、作品风格和写作特点。今天，作为诗人的家属，我们衷心感谢青海人民出版社，让我们有机会能够将田间创作历程及其作品展示给世人。任何一位具有民族自尊心的中国读者，只要认真投入地去读田间的像《假使我们不去打仗》这样的以中华民族崇高气节和鲜血凝铸的诗章，无不为之感动，无不为之震撼。田间诗作留给后人的启示是：当国家处在生死存亡的危难之际，当全民族处于浴血奋战的斗争之中，有骨气的中国人一定会高声呐喊。

最后，让我们和读者一起铭记诗人说过的话，“不要只记得过去，更要紧的是前进，和人民、和生活一同前进，并要努力做新时代底主人”①。

2020 年 2 月终稿

---

① 田间：《给战斗者》小引。

目录

我怎样写诗的（《未明集》代序）

——生命的叫歌

母亲坐在我的桌子边，
慈祥的笑，
灯光中，
映着我的脸。
夜钟，
响过一刻，
敲过一点，
疯狂的黑夜，
走在我的前面。
我，
生长在南方的村野，
城市，给我又浪荡了十年。
我没有在她怀中哭泣过，
也没有流过泪！
在世界上，
在中国，

我养育着弱小的自己！

每天，

我将我的手捏紧，忍耐着；

相信苦难会叫醒我，

踏上远大的路，

太阳的旅途；

在灿烂的颜色里，

我深深地呼吸，

那光明，

那自由的伟大。

今天，我伴着我的慈母，

人类的慈母！

用小心，

嚼味痛苦；

用烂秽的笔，

画万千行的短句，

没有诳语，

诚实的灵魂，

解剖在草纸上——

一页页的白纸上。

呈它，

给我一切的朋友，

一切的人类，

我爱它，

像爱我自己的生命一样！

我不会夸张，
不会庸俗的颂扬，
把女人的脂粉，
抹在我的笔尖上；
作病样的歌唱！
生命的大钟，
响过一刻，
敲过一点，
岁月更催迫了，
我没有忘掉自己，
——忘掉自己生长在这世界中。
这夜，
疯狂地，走在面前；
没有星光的夜：
流转中，
孩子的呻吟，
残废的血泊，
溶化了，
流了。
我兴奋，
筋肉发抖，
心跳，
每一条血管在燃烧！
这破旧的台桌上，
有我自己的画笔，

灯光下，
有我的母亲。
铁色的窗栏外，
无穷的黑暗，
血肉的手，
蠕动着，
我跳动了。
我感谢我的母亲。

1935 年春上海

我

我，
是海的一个。

我是一片日，
我自海中出。

我，
是海的一个。

呵，
投入那洪波，
喜作少年舞。

宁折自己身骨，
怎甘在刀下伏。

宁做中国泥土，
怎甘作他人奴。

呵，
这赤子之心，
似海燕飞翔。

远望岛屿上，
似有金色之树；
听狂涛倾诉，
撒下金的果。

我，
是海的一个。

1933 年作

我厌恶这春天

我厌恶这春天，
四月的春天没有清朗，
粉着黑色油漆的可怕。
抑郁的音乐，
回荡在古老的城市，
在荒芜惨淡的村野。
在大江与阔河的远岸。
呵，红艳的玫瑰喝着血，
年轻的黄莺沉默了，
那往昔和平的轻歌。
丧钟敲响了死者的灵柩。
路狼伏着僵尸嘶吼，
暴风雨抖起了天大的苦恼，
蝙蝠的影子撞碎了夜更的寂静，
太阳也撒不开灿烂的光芒。
这春天消失了每一个春天的安乐。

灰色的重油灯下，
那老迈牧师倦怜的祭语：
平静吧！
平静吧！世界的疯狂呵！
像冬夜被放逐在海外囚人的哭泣。
我厌恶这春天，
我祝福这叛逆的春天，
和我们像杨柳树低着头的灵魂，
赶明天江河的风帆，
去幽远的坟墓长眠吧！

1935 年春于上海

铁工厂

我们曾经想到：
铁工厂只有奔走的钢条，
只有黑色的煤炭，
只有烦扰的叫嚣。

想不到：
铁工厂没有阳光，
没有空气，
没有铁工厂外每一个春天！

一切，在黑暗里，
在臭油味里；
炭火整天地燃烧，
铁轮整天地转，
整天地压榨。
在压榨声中，

有我们的哭诉，
有我们的叹息，
我们是卖进来了，
我们的生命当做炭料。

我们不是生客，
缺乏安慰的休息，
每一刻伴着引擎转着，
眼睛看不见自己，
望不见天的颜色。
马达转动了，
四壁振着力的旋律。
倦苦叫我们抓不住机托，
头脑一直地昏睡着！
黄昏时候，
铁工厂拖出大块的钢条，
那钢条，
我们血液的黏合。
钢条，每一天堆满了，
混浊的小屋，
铁机已榨干了
我们的血肉。

我们剩着枯黄的脸，
剥落的骨架，

我们没有力气，
我们老死了青春，
也失去了工作！

我和伙伴们，
好像是死去了，
铁机更加速地抖动了，
日夜地，
不断地转着。
皮带子伸长了，
马达不断地旋回！

一切，在黑暗里，
在压榨中。
呵！铁工厂！
我们想不到，
铁工厂的烟雾，
曾淹没了人类的笑，
铁工厂的皮带，
是一把涂着血的屠刀！
铁工厂，
永远受我们诅咒！

1936—1937 年

中国牧歌

新的歌
黎明的音嗓。
我们载着——
去挖掘中国，
去兄弟的车上。

离开了牛马场，
血液
和刀
在心坎里响！

忏悔的眼泪
流息了，
丧钟哑默在大地上。

羊，
一千个，一百个，
暗杀在小房。

牧童们
抖一抖污浊衣裳。
是我们！
早上，
走向世界歌唱！

1936 年

诗，我的诗呵！（《中国牧歌》跋语）

粗野的
句子，
愤怒的
句子，
燃烧的
句子，
诗，
我的诗呵！

在恶夜，
血液，
炽成的诗呵！

诗呵，
前进着，
在颤抖的笔杆下。

诗呵，
从故乡的
风，
扬子江上
农民的暴风雨中
来的。

诗呵，
从田野的
哭泣，
和茅屋的
眼泪中
来的。

诗呵，
从岁月的
饥饿，
和地主的
残酷中
来的。

诗呵，
从失去的
东北的土地

来的。

诗，
我的诗呵，
它刺激着
睡觉的
民众，
起来！

诗，
我的诗呵，
它激动着
羞辱的
祖国，
反叛！

诗，
强烈的
节拍，
战斗的
生命，
是属于民众和祖国。

诗，

军队一样
向明天
和世界去。

诗，
用人民的声音，
呼唤自由呵！
燃烧的
句子，
粗野的
句子，
愤怒的
句子，
愿它——
流入人类的
眼睛
和
胜利的
记忆。
诗，
我的诗呵！

1936 年 6 月的雨夜记于上海

中　国

中国，
我的中国。

民众的眼睛，
都在闪着，
闪着——
向自由，
和金色的火焰。

我的祖国，
中国，
茅屋兄弟的褓姆。

民众们
住在这里的，
经过

血泊，
烤枯的
臂膀，
已经举起了。

那血管里，
蕴藏着
怒放的
火把。

中国，
我的中国，
咆哮吧：
我们
将吻你。

1935—1936 年

在大连湾上岸

站起来吧！
大连湾，
人民的大连湾呵。

白军的脸，
凶恶嚣张；
在八月，
在八月的大连湾上。

大连湾上，
妇人
和孩子的尸骸上，
帝国的炮，
屠手，
突击队，
叫着上岸了。

大连湾，
人民的大连湾呵，
被杀害着。

血泊，
骨骼，
从祖国的背脊上流着……

呵
大连湾，
松开了
东北民众底
手膀，
呼吸，
和歌唱。

呵
大连湾，
像出卖了一样。

今天
民众也上岸了，
愤怒得
发狂。

站起来吧，

大连湾，

人民的大连湾呵！

1936 年

到满洲去

到满洲去，
把我们的
手，
森林一般的
手，
载到满洲去！

到满洲去，
我们的
破壁板上，
躺着
打抖的爹娘；
他们等侯
和梦想。

到满洲去，

我的小树，
红色的高粱秆子，
在祖先的坝埂，
母亲的田地，
掉洒着
雨一般的泪浪。

诅咒
帝国的疯狂，
残害奴隶，
站在
东北底哨岗。

到满洲去，
关外
招呼着
奴隶底手！

1936 年

人民的舞

你看，——
他们的
仇恨的
力，
他们的
仇恨的
血，
他们的
仇恨的
歌，
握在
手里。
握在
手里
要洒出来……
几十个，

很响地
——在一块；
几十个，
达达地，
——在一块
回旋……
狂舞……。
耸起的
筋骨
凸出的
皮肉，
挑负着
——种族的
咆哮。……

1936—1937 年

中国底[1]春天在鼓舞着全人类

——又是"一·二八"了！

中国底春天
走过——
无花的
山谷，
走过——
无笑的
平原，
望着它底
曾经活过了五千年的人民，
人民底
肩膀，
在倚着
壕沟，
人民底
手，
在抚着

①"底"相当于"的"，为尊重时代语言风格，予以保留，类似情况不再作说明——出版者注。

枪口，
向法西斯军阀——
人民底公敌
坚决战斗。

中国底春天生长在战斗里，
在战斗里鼓舞着全人类。

1937—1938 年

棕红的土地

在亚细亚
这泥土上，
污染着
愤恨，
蒙上了
侮辱。
祖国底耕牧者啊，
离开卑污的沟壑，
和衰败的
村庄，
去战争吧，
去驱逐
日本帝国主义者底
军队。

以我们顽强而广大的意志，
开始播种——
人类底新生！

1938 年

听　说

听说：
东方的山林，
睡醒了。
死去的太阳爬上
长长的
几千年不流动的
港岸。
西伯利亚的
囚徒，
睁开了眼睛
洗着
污垢的头发，
自然甜蜜的歌唱；
牧童播散着
那金色的种子。
荒凉的大地间，

诞生着
无穷的新艳，
人类欢叫
这一个日子的
不平凡！

1936—1938 年

这年代

战斗的人们
已经出发了。

母亲呵，
沿着门槛，沿着墙壁，
祈祷着——
中国底
婴儿，
莫要害怕，
大炮的吼叫，
莫要害怕，
枪弹的来到。
勇敢地成长呦，
为自由，为祖国。

战斗的人们
在前进着……

1938 年

回忆着北方

中国底北方,
日本强盗
在管束着,
颤动的祖国呀!
人民看见——
那沙漠,
那野园,
那荒血,
那婴孩,
…… ……
也被仇敌底眼睛监视着,
被铁的镣铐
不幸地
锁着。
呵!
北方,

战争来了，

我们来了！

1938 年

给战斗者

在没有灯光
没有热气的晚上，
日本强盗
来了，
从我们底
手里，
从我们底
怀抱里，
把无罪的伙伴，
关进强暴的栅栏。
他们身上
裸露着
伤疤，
他们心头
呼吸着
仇恨，

他们呼唤，
在大连，在满洲底
野营里，
让喝了酒的
吃了肉的
残忍的野兽，
用它底刀，
嬉戏着——
人民的
生命，
劳苦的
血……

一

光荣的名字
——人民！
人民呵，
站在卢沟桥
迎着狂风，
吹起冲锋号；
人民呵，
在辽阔的大地之上，
巨人似的

雄伟地站起！

二

是开始了伟大战斗的
七月，七月呵！

七月，
我们
起来了。

我们
起来了，
睁起悲忿的
眼睛呀。

我们
起来了，
揉擦红色的脚跟，
与黑色的
手指呀。

我们
起来了，

在血的广场上，
在血的沙漠上，
在血的水流上，
守望着
中部
和边疆。

经过冰雪，东方日照，
遥远地
遥远地
我们抬起头来，
呼唤着
生与幸福，
自由和解放……

七月，
我们
起来了。

嘹亮的号角，
昼夜地吹着，
吹着，
吹着；
我们一齐奔上战场，

决心消灭强盗！

我们立誓：
誓死
保卫中国。

在中国，
人民底
幼儿，
需要哺养呀，
人民底
牲群，
需要畜牧呀，
人民底
树木，
需要砍伐呀，
人民底
禾麦，
需要收获呀！

在中国，
我们怀爱着——
自己造的
麦酒，

自己种的
瓜豆。

每天，
每天，
我们
要收藏——
在自己底大地上纺织的
祖国底
白麻，
祖国底
蓝布。

在中国，
博大的泥土呵，
这是一幅
壮丽的画图；
在它的
上面，
我们的灵魂
是如此的纯朴。

我们要活着，
——在中国！

我们要活着，
——永远不朽！

三

我们是劳动者，
是伟大祖国底伟大的养子呵！

我们
曾经
在扬子江和黄河底
热燥的
水流上，
摇起
捕鱼的木船。
我们
曾经
在呼和浩特砂土与南部
草地的周围，
负起
狩猎的器具。

强壮的
少女，

普经在亚细亚夜间篝火底
野性的
烈焰底
左右，
靠近纺车，
辛勤地
纺织着。

我们
曾经
用筋骨，用脊背，
开扩着——
粗鲁的
生活。

四

祖国，祖国呵，
枪声响了……

敌人
突破着
海岸和关卡，
从天津，

从上海。

敌人，
散布着
炸弹和毒瓦斯，
到田园，
到池沼。

敌人来了，
恶笑着，
走向
我们。

恶笑着，
扫射，
绞杀。

今天，
你将告诉我们
是战斗呢，还是屈服？
祖国，祖国呵！

五

我们
必须
战斗了，
昨天是忿怒的，
是狂呼的，
是挣扎的
四万万五千万呵！

斗争
或者死……

我们
必须
拔出敌人底刀刃，
从自己底
血管。

我们
战斗的
呼吸，
不能停止；
血肉的

行列，
不能拆散。

我们
复仇的
枪，
不能扭断。
因为我们知道
这古老的民族，
不能
屈辱地活着，
也不能
屈辱地死去。

我们一定要
高举双手，
迎接——自由！

…… ……
…… ……

太阳被掩盖了，
看呵，
疆土的烽火，

已成了太阳。
堡垒被破坏了，
看呵，
兄弟的旗帜，
插在大路上。

光荣的名字，
——人民！
人民呵，
更顽强，
更坚韧。

六

…… ……
…… ……

我们
往哪里去？

在世界上
没有大地，
没有海河，
没有意志，

匍匐地
活着，
也是死呀！

今天呀，
让我们
死吧，
我们会死吗？
——不，决不会！

我们是一个巨人，
生活就要战斗，
高贵的灵魂，
宁死也不屈服，
伸出
双手来，
迎接——自由！

光荣的名字，
——人民！
人民呵！
前面就是胜利。

人民！人民！

抓出
木厂里
墙角里
泥沟里
我们底
武器，
痛击杀人犯！

人民！人民！
高高地举起
我们
被火烤的
被暴风雨淋的
被鞭子抽打的
劳动者的双手，
斗争吧！

在斗争里，
胜利
或者死……

七

在诗篇上，

战士底坟场，
会比奴隶底国家
要温暖，
要明亮。

1937 年 12 月 24 日，武昌

假使我们不去打仗

假使我们不去打仗，
敌人用刺刀
杀死了我们，
还要用手指着我们骨头说：
　“看，
　这是奴隶！”

1938 年作

义勇军

在长白山一带的地方，
中国的高粱
正在血里生长。
大风沙里
一个义勇军
骑马走过他的家乡。
他回来：
　敌人的头，
　挂在铁枪上！

1938 年作

坚　壁

狗强盗，
你要问我么：
“枪，弹药，
埋在哪儿？”

来，我告诉你：
“枪，弹药，
统埋在我的心里！”

1943 年 6 月作

呵，游击司令

呵，游击司令
告诉我！

告诉我
在哪儿
可以相会？

在那条河边
还是在那棵树下
告诉我、告诉我
我们何时见面？

只要你司令
口哨一吹
我们就来了。

我们要把红旗
插在高山之巅！

1938 年作

毛泽东同志

你们看到——
毛泽东同志吗？
延安底工人
要告诉你们：
他底儿子
毛主席也抱过，
还给他底儿子说过：
　　“长大呵，
　　做一个
　　胆大的边区自卫军！”

1938年作于延安

自由，向我们来了

英勇的
民族，
我们必须战争呵！
九月的窗外，
亚细亚的
田野上，
自由呵……
从血底那边，
从兄弟尸骸底那边，
向我们来了，
像暴风雨，
像海燕。

1938年

我们底进行曲

——行军生活素描

我们在这边
走着，走着。

“服务”这名词
指使着我们
演员，记者，
老伙夫，
向战争的河
那边走去！

黑马
多少匹，
手枪
多少支，
战歌
多少首，

在这边走着。

我们挑起了，
我们背负了，
中国底命运
和种族底痛苦。

我们，
走了几千里呵！
我们
拿起枪来，
装上子弹，
要打过河去。

我们在这边
走着，走着。

1938 年 9 月

给饲养员

饲养员呵，
把马喂得它呱呱叫，
因为你该明白，
它的主人
不是我和你，
是
　中国！

1939 年

我的土地

同志，你看——
这是我的土地！
我要种麦子，
我要种谷米。
还要把它留下，
留给我的子孙，
好好地养种哩。
决不能
让敌人来霸占！

1938 年作于延安

复　仇

前方的路上，
有许多尸首，
他是我们的兄弟，
他是我们的父母。
我们看到他，
谁心中不难受？
亲爱的同胞，
看到那种景象，
你就该想到
——要为死者复仇！

1938 年作于延安

荣誉战士

八路军在前线设招待所，送伤员返乡，并赠“荣誉战士”徽章。

她们，
回来了……

那女人，
今天
坐在欢迎会的
院落，
一面
喂她底
乳儿，
一面
听着
演说。
从顽强的脸庞上，

浮涌着
战斗的
欢喜，
战斗的
红笑，
——因为她啊，
也流了血，
为着
祖国。

她们呵，
勇敢的
呼吸，
不死的
欲焰，
在抚着
弹伤，
刀痕，
血泊。

他们底歌声，
吹着
——假使我还能够再射出一颗子弹。

我看见

伤疤的
光辉，
照在
辽阔的
祖国，
争自由的
大路上面……

她们，
回来了。

1939 年

多一些！

“多一颗粮食，
就多一颗消灭敌人的枪弹！”

听到吗，
这是好话哩！

听到吗，
我们
要赶快催促自己
到地里去！

要地里
长出麦苗。

要地里
长出谷穗。

拿这些东西，
当做
持久战的武器。

(多一些！
多一些！)

多点粮食，
就多点胜利。

1938 年

儿童节

——为儿童节大会的朗诵而作

小兄弟，
你们，
早上
走过哪条街?
——那里，
有炸弹底
铁片吧！

——那里，
有火药底
气味吧！

或者，
你们
看到
那画着太阳徽的飞机，

从我们底
天空上
往来？

或者，
你们
听见
那隆隆的炮声
——日本帝国主义者的炮声，
向我们
射来……

你们，
害怕着吗，
小兄弟？

小兄弟！
向窗外望去——
英勇的
八路军，
——正走在
街上，
机关枪呵，
——正架在

肩上。

跑上去！
去
拿募捐品慰劳咱们中国底军队，
因为
他们
是——
去打仗，
去流血。

不要害怕，
小兄弟！
不要哭，
小兄弟！

小兄弟！
挺起
胸膛吧……

挺起
胸膛吧，
不久，
爸爸会在战场上

把强盗杀死，
从强盗的身上取下
杀人的
刀剑，
把血擦干，
交给你们，
小兄弟！

小兄弟！
以后的
日子，
中国人就笑着，就歌唱着。
自由地
走在
街上，
——你们
走过的
那些街，
爸爸底
街，
妈妈底
街，
姐姐带你们去买糖果的
街。

但是，
在今天，
要保卫祖国，
小兄弟！

小兄弟！
伸出你们结实的小手，
站出来——

喊吧：
——中国万岁！
——儿童节万岁！

1938 年儿童节前夕，写于西安

种　子

把你的种子，
全部取出来，
尽量地撒下吧！

再过一些日子，
就好用车子，
装回新的粮食。

不要浪费一粒，
因为呵粮食，
就是我们的血液。

1939 年

红羊角

——抗日战争中，一天拂晓，日寇进攻边区，山上牧羊人，吹动了羊角。敌人的子弹，打伤他的头额，还是呜呜不停，血滴染红了他的手，染红了羊角。

红羊角的故事，
我讲过好几次：

在那高山之顶，
早上有片红云；
人们传说那是
红羊角的号声。

在那红色枣林，
晚上有阵风声；
人们传说那是
红羊角的号声。

红羊角呵你的号声，

感动了日月星辰。
牧羊人呵你的号声，
传下来吧留给子孙。

1940 年

望延安

——记边区子弟兵的一次高山保卫战

早看——
延安的日头。
晚看——
延安的星斗。
望呵，望呵，
身上添了一把火。
望呵，望呵，
只身敢把大山守。
子弹打光的时候，
搬起一块大石头。
凭这一双英雄手，
打败鬼子有何愁？
凭这一双英雄手，
让红花开遍宇宙。

1941 年

山里人

一

手抚青山，
身在险峰。

二

站在门前，
望到天边。

三

全世界看得见，
这不屈的高山。

铁打儿女不怕刀，

英雄山水不怕鬼。

弹在膛，枪在肩，
腰间还有雷一串。

封锁沟，封锁线，
都封不住这头上的蓝天。

1941 年

“烧掉旧的，盖新的……”

朝向大龙华
那个村庄，
三团的战士
放了最后的几声枪。

敌人，
差不多
被歼灭得
光又光。

谁都喊：“收复大龙华！”

有一个军官，
已经受了伤，
还躲在屋里，
他还想反抗。

（他不出来
把门关紧
把枪
架在窗上）

连老乡
也在叫：
“不杀你，
只要你缴枪。……”

那个强盗，
临死还疯狂，
就在窗口，
打死了老乡。

“大龙华在我们手里，
看你还敢反抗！”

一个老头子，
跌倒一跤，
急急忙忙
跑到这边来。

一声也不响，
闪着胡子，
手上的火把，
火烧得很旺。

他举起火把，
烧他底房，
他底胡子上，
也有火光——

“我的，
我的，
烧，烧，
没关系。”

“烧掉旧的，
盖新的！
……”

烧掉旧的，盖新的！

老头子
站在火边，
笑了，

笑了。

他笑着，
他望着
　他住过五十多年的
　大龙华，大龙华！

有了
大龙华，
他什么也不怕，
哈……哈……

他，穷光棍
初到大龙华，
是一双空手
和一张嘴巴。

有了大龙华，
他已经
有了土地
种了庄稼。

朝向大龙华，
三团和人民在合唱，
唱这个歼灭战，

唱他的好家乡！

1939 年，“大龙华歼灭战”以后

曲阳营

你们

来吧

我们底

兄弟

没有召唤

他们

就来了

——引自旧作《中国农村的故事》

沿着大沙河，

我们底曲阳营，

一直开过去，

唱起新的歌。

那新的歌，

告诉你，告诉我，

曲阳多骄傲，
曲阳又多好。

曲阳好地方，
它底好儿女，
一行又一行，
走进了队伍。

这是战斗的乡土，
人们都夸说：
它有大沙河，
和勇敢的民族。

沿着这沙河，
我们底曲阳营，
一直开过去，
唱起新的歌。

曲阳人
站在沙河边上，
热烈地望着
　　安新方。

望他底儿子，

望他自己，
他们走在一行，
像沙河一样。

倘若说：
沙河是坚强，
安新方同志，
就要更坚强。

老安四十多，
却不像四十多，
他脸色很红，
他胡子很短。

他那么温和，
他又那么猛，
为了曲阳营，
他大声地喊过。

他大声地喊过，
跟着他底声音，
新的子弟兵，
好像一阵风；

好像一阵风，

刮过大沙河，
在大沙河上，
成立了曲阳营。

在曲阳营，
在沙河，
谁都唱着
老安底歌。

这是新的歌，
歌名叫“老安！”
　　“老安，
　　他真行；

　　他真勇敢，
　　他真有脸，
　　他当了
　　我们底指导员。”

沿着大沙河，
我们底曲阳营，
一直开过去，
唱起新的歌……。

1939 年 5 月

一百多个

向那边前进，
一百多个农民，
愤怒得很，
悲壮得很。

敌人，你
即便你举起
一万支枪，
也打不倒他们。

农民底心，
正在前进……

早晨：
他们
从南北村

前进……

像队形，
又不像队形；
孩子，女人
一大阵。

——在血还没有干的沙滩上，
农民底心
像无数的火星，
要把春天唤醒。

毡帽头，
拉到眼边；
因为呀，
还没有作战。

俊标
竖在前面，
当作旗帜，
在指挥；

要指挥
大队，

——孩子，女人
走上战线。

“不怕烧，
也不怕杀，
我们要去找
找一条活路……”

老婆婆呵，
卸下了孩子，
张开嘴
也要发誓。

远远地，
远远地，
一百多个农民，
走在一起。

他们把锄头
紧紧扛在肩上，
他们把种子
紧紧抱在胸怀。

倔强的手指，
指着这土地，

——麦苗啊
　　快长起来！

他们底孩子
坐在雪地上，
一抓到雪
就往嘴里塞。

现在——
就是眼泪，
也变成了
　　武器！

它滴得多些，
敌人会死得多些，
他们
指着眼泪喊：
“打到敌人！”

风雪停止了，
一百多个，
拨开新的雪片，
和新的血迹。

——在血还没有干的沙滩上，
叮叮当当，
这一百多个人，
握起锄头歌唱：

歌唱
反扫荡！
歌唱
开荒！

1939 年冬天，反扫荡战后

敢死队员

我们未来幸福的孩子
个个都会唱着陈庄战斗；
这句话更要背得烂熟：
我们伤亡十分之六！

——史轮底《报名》

一师兵马
从平原上过来，
打算在边区
歇一口气。

　　正是秋天的末尾，
　　日子渐渐冷哩。

我们底敌人
不要命地，

又突然
向陈庄攻击……

好！……
这一师人
再握起武器，
把敌人包围。

在这次战斗里
消灭它一千，
人们都庆贺：
——陈庄歼灭战！

还记得吗——
那时侯，
有一个敢死队员
年纪才十多岁。

他站到最前面，
喊着要
加入敢死队！

报了名，
领了手榴弹，

这个战士，
这个孩子。

这个战士，
这个孩子，
手比泥还黑，
脸比泥还黑。

他穿的鞋，
早就破碎，
脚趾头发了红，
露在外边。

但他底生命
比铁还要坚，
站到、站到
抗日的前线。

跟着主力，
敢死队还要首先
爬上山尖，
占领山尖。

孩子爬到山尖，

血也冲到山尖。

一直到死，
一直到最后，
孩子呵，
永远站在那里。

他还和我们
永远在一起；
你看他脸上，
还在笑着哩。

万岁——
孩子！

万岁——
敢死队员！

1942 年

轻伤不下火线

战斗的胜利，
就是你们的光辉。

——引言

我们要把血肉，
交给战斗。
战斗没有成功，
炮火没有结束，
哪怕是受了伤，
还要站在火线上！

1940年前后，写于平西挺进军

蝴 蝶

看

白的胡蝶

像剑

闪过去

不久

又闪回来

银铃一般

轻轻地响着

它，响在

麦地上

好像为了麦底幸福

它不倦地

闪耀在青苗上

我们
去追逐它吗

不啊，
它爱在那儿闪耀

它，它
爱春天

它也不怕
在这片田园上
滴下自己底血

而我们田园
新的法律
决定欢迎
——一切革命者

1942 年

芦花荡

一

芦花荡里的水，
有血有肉有雷。

二

芦花荡里的苇，
和我并肩做战。

三

芦花荡里的船，
船呵能划上天。

四

芦花荡里的月，
雁翎队的伙伴。

五

芦花荡里的人，
明月一般光辉。

六

芦花荡呀芦花荡，
我喝过你的水，
我大声来赞美，
不朽的雁翎队。

1942 年

下　盘（小叙事诗）

孟平县小岩沟有一老汉，名叫李和。一日早晨，在风雪中送公粮到根据地，路过十八盘，不幸失足殒身。其子当时四顾无人，不能马上收拾尸首，仍将公粮送至目的地。民主政府闻讯表扬之。兹作“下盘”，略述所怀。

一九四三年冬记于游击区

腊月十九，
老汉下的盘。

十八盘：
一盘风雪，
又一盘冰。

老汉吹着胡子，
咬着雪，
往盘下走。

在一个高岩边：
他的儿呀，
陡然叫住他：
“爹，公粮撒了，
快快煞住口。”

老汉像一只鸟，
从风雪里惊起，
头伏到岩上，
一粒米也不叫丢。

忽然风一吹，
雪一抖，
老汉跌杀了，
倒在岩下头。

岩边风吹着雪，
雪也慢慢盖上他。

盘上，盘下，
风雪凄凄，
天地嗖嗖。
他的儿哭不得，
尸首也搬不得，

仍把两袋公粮，
一个人送走。

赶回头来寻老汉，
尸首已像石人，
望着十八盘！

1943 年

地　道

血汗来把黄土染，
红心当做灯来点；
多少警惕的眼睛，
日夜守在洞口边；
——这是地道也是宫殿。

这是历史的红线，
谁也无法来隔断；
大地是一颗巨雷，
拴在这根线上面；
——万丈红线万丈火焰。

1943 年

我底枪

勇士们
　永远笑着……

嗨！
这家伙。

他把枪挂到树上，
在搭着哨棚。

那枪膛里，
装着子弹。

而保险机，
又没关好。

“呷呷……”

空中的喜鹊，
飞了过去。

白杨树呢，
索索地
风吹过来。

“卡！”

不过两分钟，
枪就走了火。

他——李诚同志，
长工底儿子。

十九岁，
宽眼
大嘴唇。

好像是黄牛，
莽里莽撞地。

——我底枪！
他取下树上的枪，
他两手发了僵。

我厌烦他，
我又爱他。

——同志
　　冷吧？

——冷哩。

　　棉衣
　　丢在班里……

——来！
　　靠近些。

我欢喜说笑话，
一把搂住他。

——小李，
　　要是死的话，
　　咱两个也，也
　　搂在一起。

现在，他底下巴，
横摆在枪口上。

“喀乍……喀乍……”

呃，天越发黑，
像一块蓝布扯开。

喜鹊呀，
叫过去。

喜鹊呀，
又叫过来。

哗，哗，
树林
闹响着。

他妈的，
暴雨
来啦。

好大颗的雨珠，
打在岩石上。

我们淋在雨里，
四面围着沙河。

他——小李，
死死抱着枪。

哈，哈，
我笑了一笑。

怕吗？
我问他。

——小李
　　唱一个歌

——噢
　　唱不来

——同志
　　唱唱吧

我想讥刺他，
他老是害臊。

我呢，倒爱唱，
我也好胡说。

——我死
　　也要死在歌里

——老王
　　瞧你唱……

嗨！这家伙

不！
三发。

——敌人来了！

他喊着喊着，
他爬上一个坡。

“哒，哒，哒……”

“卡！卡！……”

我要去找连长，

我嘱咐他：

——阻止敌人前进！

“少放枪，

节省弹药。

等敌人近了，

你才打枪……”

主力一赶到，

小李快死了！

他仍然搂住枪，

枪筒上滴着血。

他底子弹带，

也在滴着血。

“子弹呵

我打尽了”

那小草，那岩石，
压上他底头骨。

——我底枪！

我底同志呵，
他还在喊哩。

我跑过去，
我抱住他。

他向我微笑，
一句话没说。

他是死了，
他是死了。

一支乌黑的枪，
握在他底手上。

黄昏：金色的阳光，
照着白杨树。

树林子呀，
像一页画幅，

——像洒上泥黄，
像油上草绿。

在树林上，
鹰盘旋着。

天空呵，
轻轻地响。

我底眼睛湿啦，
我忍住泪水，
握起他底枪。

——我底枪！

他躺在山边，
像牛啃着地。

宽大的头额，
刻上了笑纹。

诗说——
　“在今天：
　更需要勇敢。

勇敢，

也更高贵！”

1942 年 10 月

祝　山

——为勇敢的人而作，并献给十月革命节

山呵：
——一个人
穿着黑棉袄，
戴着毡帽，
像一棵树
长在沙里，
他站在岩石上，
他想：
为了祖国，
我应该
和岩石一样，
就是敌人底炮弹
打过来，
打碎了
——我，

我也要
一片片地
躺在这里。
而且
不需要谁，
为我哭泣，
甚至呵，
把我底名字
刻上墓碑。
呵，哪怕
乌鸦
啄去
我的头颅；
呵，哪怕
群羊们
踏着
我底骨头；
哪怕
我底血上
长起草；
也不一定
需要一坐坟墓。
我呵，
我只愿望

在将来：
——老沙河旁，
有一批集体农场！
这农场，
多种些麦子，
到收割后，
就让大伙
——那一年吃不着
三顿面的人，
能吃一个饱。
该喝酒，
就喝喜酒。
建一个酒厂吧，
改造一下枣酒，
这不是因为酒，
是因为我们
要更有勇气，
要更愉快，
要来喊：
　“看我们
　来建设中国！”
农民同志们，
每一个月，
上阜平城一次。

去开会讨论
新的农业计划；
甚而
工业、
甚而
矿业……
当他们去的时侯，
骡马底铜铃
丁丁当当，
他们
就会唱
——唱胜利的歌……

胜利之歌，
像沙河底水波，
在阳光里，
在枣底香味
和谷底甜味里，
那么哗哗地、
哗哗地、
长久地活下去。
他呢
他是谁？

他是谁?
——他是一个民众！

他站在岩石上，
眼睛
像山鹰一样。

这是深夜，
暴风正吹着。

白杨林里，
呜呜地
——像古代的战场，
黄帝驱逐蚩尤，
黄帝底剑
呼上半空，
奔在大雾里，
而蚩尤在临死前，
还要挣扎，
不惜拿血珠，
一把
一把，
掷到
赤红的

金的盾上。
或者像
胜利的马群
一窝蜂地
跑过沙面……

就在此刻
在暴风里
他——
如一个野孩子
抱住紫的花簇
微笑
并且唱
——为着他底调子
接近于山歌
他要以铜嗓子
(短句头
像匕首)
唱山底祝词
山呵
请听!

“山呵
勇敢者。

你，你是
一个英雄呵。

瞧——炮火并没有
烧枯你底皮肤。

在你底胸膛上
还长着民主，诗，花朵。

战士底鲜血
天天洗着你。

(它甚至铺在你下面
保护你底安全)

你底法令，
照人民底心制成。

顽强，正直，信心
作了你底骨胳。

你，在暴风雨里
没颤栗过一次。

你常常亮着铠甲
站起来，了望世界。

有时你沉思，
有时你呼号。

你呵，为了中国
当一位前哨。

你像岩石，
你又像野花。

你像山鹰，
你又像蜜蜂。

你像大炮，
你又像匕首。

你是战士，
你是农民。

你英武，你机智，
你高大，你宽阔。

你披着野草，
也不以为羞耻。

你露出胳膊，
也不以为贫穷。

你是战争底养子，
你又饲养战争。

山鼠咬着你底果子，
你在诱惑它。

——你知道：等它咬着一点，
而你，你一下子扼死它……

——你是
英雄呵！

　山呵，
　同志。

已经十一月了，
天快要落雪。

灰白的风，
像狼在哼着。

蝙蝠在抖着翅膀，
它也想横飞哩。

地下的蝎子，
它也想站起来。

呵，现在呵，如党所宣告：
——‘黎明前的黑暗’

——那么，不妨
再擦一擦枪。

在大树上，砸几颗钉子
来记忆战争的盟约：

‘战胜敌人，
或者蒙受灾难。’

你会完成历史，
只有你，你会完成历史。

在你底面前，
不会有失败。

即使是失败，
你也要站在敌人肩头。

　山呵
　勇敢者……”

大风
吹息了

——它
索索地落下来

这，比方说：
蜡烛烧尽了，
留下一片油，
在熔着。
或者
正如
敌人
溃败在山的四面，
他们的血块，

被正义、
被历史、
被胜利、
踏成白色。
而他——一个民众，
他底祝词，
也朗诵完毕。

树上的鸟叫了，
黄的叶子落了。

浅红的野菊花，
轻轻地散着香味。

呵，岩石，
像一位学者，
在多年的钻磨里，
忽然
望见真理，
如火焰
在闪灼着，
它底灵魂
温暖起来。
它底头额，

耀起
紫的，微明的
愉快的光采。

看！

——那边：
大岭上
有无数人、
无数人、
无数人、
好似一群山鹰，
正在集结着，
集结得多紧
——像铁的环子。
一个
套起一个，
又围在一起，
他们
在喊：
　“准备！

　准备
　冲锋呀！”

他们在思索，
也在微笑，
望着山岭底下面，
和这高高的
山地底天空
——那辽阔的天空。
太阳将要
如金鸟，
从天空飞下，
和山谈话，
来慰问山呵，
看——
他们像鹰队在集结，
他们要打垮
　从人类以来所未有的
　一个荒谬透顶的大风暴……

他们
又喊：
　“我们
　准备冲！

　冲下去
　就胜利了……”

他也唱，
他也喊。

呵，他不会唱，
他哪里会唱呢?
简直是嚷：
“嗨，哈
哈，哈!”
他底呼吸
这么急，
连气也喘不过来。
但他，他挺起胸
同时
将手
老远地伸着，
他扶着荆棘，
沿着山羊所啃过的路，
一直地，
决不回头地，
爬到岭上，
和兄弟们
握住手
——他也要成为一个山鹰!

1942 年 11 月 1 日午夜，作于晋察冀

参议会随笔（二则）

一　铃

参议会开幕之日，一位老人摇着铃并且这样喊："参议会开幕了！"

——题引

一道阳光，
正射在山上。

山间：
有铃响！

我们仿佛园艺家，
要去摘花果，
也要去栽果树，
在铃声里
我们并肩欢歌。

我们并肩欢歌，
我们就是铃。

我们：——共产党人，
和各阶层人民，
共同地
握紧一把刀。

“我们要同心合力，
打败敌人迎接新中国。”[1]

①聂司令员在晋察冀边区第一届参议会上的讲演。

听呵！铃响了，
民众的灵魂
也在当当。

——这正如
天快亮的时候，
百鸟之合唱。

今天
在田园里；
美的果子
要我们培养。

那金的阳光，
正射在山上。

二　伟大的时刻

参议会第六日（一月二十日）上午十二时后开始讨论三十六号参议员刘澜涛先生所提出“请确定中共中央北方分局晋察冀边区目前施政纲领（双十纲领）为晋察冀边区行政委员会施政纲领及施政纲领实施重点案”。

——题引

呵，今天
我多么兴奋！

我想：我的手
怎么不是铁？
如果它是铁，
请把它拿去。

这一个议案，
今天
需要雕刻起来，
需要将它
雕刻在铁板上。

——因为

它像一位战士，
在战场上
曾经百战百胜。

(肩上琅琅地，
扛满着好枪。)

刘澜涛同志，
你的议案，
我完全赞成。

我是公民，
我还要它
作为我的纲领，
——诗的纲领。

“这一个议案，
全场一致通过！”

我，此刻呀，
好像听见窗外：
我们的山谷，
震撼和召唤……

我们的山谷，
像一位英雄，
在敲着钟，
庆祝它的前程。

正义率领我们，
在钟声里行进。

呵，我兴奋，
我写：“伟大的时刻！”

1943 年 2 月

炉火正红

参议会选举时值午夜，窗外落着小雪。……

——题引

窗外
雪，
在飘落……

这是午夜，
天快亮了。

天快亮了，
现在
碧蓝的火焰，
像一只鸟，
高旋于炉上。

我也像火焰，
跃起，跃起；
在红光之中，
迎接着黎明，
我投了一票。

我投了一票，
我站在炉边，
我微笑。

（我是在这里，
献出了生命，
做一块煤炭，
让火焰燃烧）

人们说：
“天愈冷，
就愈要火呦。”

天快亮了，
拂晓的攻击，
也快到了。

这正是时候！

一炉红火，
在雪夜里，
熊熊地
照耀着山道。

窗外：雪，
雪在飘落……

1943年4月回忆中写成

山谷，夜

一只水鸭飞起
“嘎——嘎”
“嘎——嘎”

它的回声
扑打着河水
从河水上
消退——消退

它不想惊动
山中的主人

山中的主人
——铁的子弟兵
正在沉思

他们住的是
新修的草舍
头下枕着枪支
时刻准备作战

巨大的山崖
也正在沉思
他底眼瞳
还没有关闭

一个巨大的梦
不过才开始……

棕红的岩石
在月光下
也是灿烂的
也是光亮的

蓝色的烟雾
静静地流着

河湾的野花
散出了香味

呵！这不像是黑夜
这儿似乎没有夜

我们说：
“在战士底身边
黑暗呵
正在溃退

光明的景象
永在战士身边”

1942 年

名将录（组诗选）

偶遇（名将录之一）

——题聂司令员

将军，他在我门前，
喝过茶，歇过马。

将军，他在我门前，
和我谈过话，
问过我的庄稼，
长得差不差？

将军人好，
我看连马也好；
马拴到树上，
树皮也不咬。

将军又是威严，
又是那么仁爱；
好比山间明月，
爱照穷人的路。

我告他：这伙人，
都在路上烧茶，
要欢迎大将军；
他笑道：他已走了。

呵哈！上午的事，
下午才明白；
原来那位将军，
就是聂司令员。

1945 年左右写

山中（名将录之二）

——题贺龙将军

师长飞马上山，
谁也不曾听见，
那马蹄一响，
他已到半山间。

枪林弹雨中，
他走上山；
勒马一看，
人像立在马上，
要扑下山，
全山陡的一惊。

将军轻轻的，
冷声一笑：
“一块石头，
也不许他侵犯！”

那匹马又高，
又红的骏马，
不用人拴，
崖前姗姗踏踏；
如一轮红日，
搭着一副铜鞍。

将军背倚岩石，
冷笑转成欢笑；
抽烟闲谈中，
打完大歼灭战[1]。

1945年左右写

①即有名的陈庄歼灭战。

附：1983年秋，田间重访晋察冀老区，来到灵丘陈庄。时隔四十年，当年被烧毁的陈庄，如今建设一新。山头竖立着陈庄歼灭战纪念碑。在纪念碑前田间默哀，并题词如下：

贺龙碑前一望，
我的第二故乡，
贺龙碑前再望，
我的勇士疆场，
每块岩石之上，
洒满丽日朝阳。
每朵黄花之上，
芬芳分外芬芳，
啊，已故的战友，
愿你安眠端详。

1983年

月下（名将录之三）

——题萧克将军

年轻的将军，
既不喝酒，
又不抽烟，
闲时爱看些书。

他独坐窗前，
看完一段书，
走到院中，
忽见月边有雾。

这时，天已夜半，
他又听见远处，
仿佛有马嗁唤，
笑非笑，哭非哭。

将军随即下令，
全军枕枪待发，
自己仍回窗前，
又看完一段书。

敌人虽到沟口，
但不敢进沟[①]，
徘徊一夜，
随月落去。

1945 年左右写

①平西敌人常传说萧克将军领导的挺进军是神军。

马上取花（名将录之四）

——题杨成武将军

一

黄土岭一战，
“名将之花”[①]，
在山上凋谢。

有一年秋天：
阿部进攻边区，
手上举起剑，
说要捉杨成武；
他又举起剑，
命令他的士兵，
有的过插剑岭，
有的过唐河。

忽然大风一吹，
正如一柄钢剑，
笃的而来，
反拨阿部说：

“来！来？
谁不知杨成武！”

① “名将之花”系日本军阀赠其旅团长阿部的称号。

二

正当十一月初，
黄叶飘飘中，
将军开会回来，
骑马路过银坊。
街上
似乎有人唱：
“拙将取花，
未取先夸；
名将取花，
马上取花！”

他笑了一笑，
引马到山前；
马上一望，
未战的名战，
已如一幅画，
挂在心坎上。

这幅画中间，
有一大岭，
三面是兵，
只许人进；
一面是路，

不许人出。
好马知人意，
载着主人，
欢笑而回。

果然，七天之后，
黄土岭一战，
“名将之花”，
即落于画上！

1945 年左右写

红乌鸦

——太原的传说

有一夜客人谈：
“太原呵太原，
像淹在血中！”

太原的城上，
乌鸦一飞，
盖过天空，
也不见黑影，
只见全身腥红。

它红得像火，
好比或烧城，
一到太阳落，
红乌鸦闹哄哄。

我再问客人：

“这是一个梦？”

客人冷冷笑道：
“哪里是什么梦？
杀的人太多了，
血流的像条河，
乌鸦哪能不红！”

1945 年 9 月，写于太原城附近

誓　词

——雁北抗日烈士塔记

我们应该记住：
这高山大川，
已为英雄夺取，
交回人民之手！

从今往后，
雁北不可失，
自由不可失，
英雄的战风
更不可失！

凡爱他者，
就有出路，
凡侮辱他者，
就走投无路！

英雄们，

安眠吧！

日月常照你，

万古不朽！

1946 年于雁北恒山下

换天录[1]

①中国著名作曲家陈田鹤先生于1954年7月曾为这首诗谱曲，2011年中国音乐学院为纪念陈田鹤先生，排练演出了该作品。

一

村里的地主，
见他要挨斗，
问他“有理不？”
我说“有理！”
受苦人甚也没，
钱也没，地也没，
穿和戴的也没，
血一滴，汗一颗，
顶着星星走，
顶着月亮走，
走了多少路，
到头一场空。
受苦人不抬头，
天下哪有理？

二

往日挖地三尺，
也不见咱们，
真是压的黑塌塌，
好容易有出头日！
这是神还是命，
叫咱出的头？
不是神不是命，
共产党引的路。

三

毛主席叫咱翻身，
你不满意吗？
你不满意由你，
你上城里告我去？
现在的县长，
他是人民的官，
闹翻身的事，
他做主，我做主。

四

受苦人的苦，
写了大苦书，
儿念，孙念，
辈辈念不完。

五

咱们哭啥呢？别哭，
老财不怕眼泪呵；
咱们的泪水磨成刀，
冤仇虽高也能砍倒！

六

过河哪怕下水，
算账哪怕撕脸，
我要打起红旗，
我要改天换地！

七

不吸仇人一袋烟，
不吃仇人一顿饭，
不花仇人一个钱。

八

老财正打瞌睡，
你要送他枕头，
老财正想飞，
你要给他做翅膀，
你死了，他把脚
搭在你的尸首上。

九

靠水的吃水，
靠山的吃山，
你是个穷汉，
想靠老财吃饭？
你到坟墓里去，
你呵，还不是——
穿的是奴才衣，

端的是奴才碗?

十

他为啥说我土,
我虽说是穷,
身上确是金。
他为啥说我土,
我虽说是穷,
满心都是玉。

十一

老财为什么狠?
他手上握着刀;
老财为什么狠?
他脚下霸着地;
拿过他这两样来,
你看他还有啥狠?
今天他要生气,
明天他要叹气!

十二

即使是杀了我，
只要群众发了，
我也不算白死！

十三

冤气也出了，
瞎眼也亮了！

十四

庙上菩萨好慈悲？
他都不给一杯水；
哪如我们毛主席，
他给我们谋幸福！

十五

老财们讥笑我——
穷汉穿上新布衫，
我把布衫给他看，
我的布衫红灿灿；

布衫上有我的血，
布衫上有我的汗，
穷汉们要把身翻，
将来还要更好看！

十六

分下了地和牛，
光景要过得暖；
要像点长明灯，
日日红，夜夜明。

十七

咱们有了毛主席，
咱们分了牛和地，
再有一架拖拉机，
你看咱们多喜欢。
今天种地用犁耕，
明天用起拖拉机，
拖拉机唱起歌曲，
要奔向社会主义！

1946年田间写于山西浑源县

162

祖国颂

一

祖国，青的天空，
和黄金似的国土，
已经独立自由，
已经拨开云雾。

这是灿烂的时日，
我们党画好蓝图；
祖国呵，我们欢呼，
光荣地奔上大路！

二

新的宪法在照耀，
我们伟大的民族，

在金红的大柱上，
挂着钢铁似的字句。

全国是这样欢腾，
决心要走一条路，
要建设社会主义，
使劳动更有价值。

三

祖国呵，你的山石，
也在轰然作响，
万山丛中，淮河岸上，
我们有了大水库。

在辽阔的国土上，
是谁在摇动山石？
不是狂风，不是暴雨，
是劳动者的脚步。

四

我们的山上，湖畔，
高唱着建设的歌，

这歌声胜过宝石，
拿来宝石也不换。

祖国呵，在你的大地上，
有最伟大的财富，
它名叫勇敢勤劳，
这是真正的宝石。

五

祖国呵，你的人民，
是六万万，
为了祖国的前程，
要尽光荣的天职。

要把共和国的旗帜，
更高更高地举起；
看吧，在大陆上，
升起了一轮红日！

1954年8月17日

赠同志

同志，请上马，
革命就是家！

你骑着一匹马，
跟着红旗走，
红旗盖天下，
你也走遍天下。

看你那马背，
好比一条山，
像一条山上，
照满红的云霞。

同志，快在红光中，
骑上你的好马。

只要你向前看，
不是向后看，
走遍全天下，
处处能拴马。

时间等于黄金，
决心等于胜利，
快在红光中，
骑上你的好马！

1949 年 10 月

鸽　讯

鸽铃叮叮响，
响在窗户旁，
鸽铃叮叮响，
响在我心上。

打开窗户看，
庄稼像波浪，
庄稼快收割，
镰刀早磨亮。

我在窗户旁，
高呼那白鸽，
请把我这心，
带去做翅膀。

不但飞进城，

还要到乡村。
告诉好乡亲，
快打山上狼。
不许野心狼，
再把田地咬。

1950 年

在高山旁

一

战士背着枪，
骑在红马上，
马蹄踏踏响，
路过高山旁。

在这高山旁，
叫人不能忘，
烈士的坟园上，
红花已经开放。

二

“我的好同志，
请你多安息，

山上的红旗，
常常望着你。”

“光荣的儿女，
踏着你的血迹，
要把这山水，
变成好田地。”

三

战士下了马，
站在高山旁，
勒住他的马缰，
他在心上歌唱。

青草年年长，
红花年年香，
革命的家乡，
光荣又兴旺！

1950 年 6 月作

赠客人

穿红衣的女郎，
在雪山上歌唱。
她们是从川下
迁居到高山上。

迁移的时候，
他们这样说过——
“我们是山上人，
愿意住在山上。”

她们是我的姊妹，
住在雪山旁边；
住了多少年呵，
在雪山的上面，
摇着她的手指，
撒下几道清泉。

她们对着雪山，
抚着微笑的脸；
呵，她们好像是
从月亮里走出来；
裸着她的双足，
踏响她的泉水。

你远方的来客，
我看见了你们，
携来的是水瓶，
不是带的长枪。

有一种真理，
我们大家都知道——
只有拿着水瓶，
才可以取回乳浆。

1956 年

纪念碑

高大的英雄石碑，
竖立在广场之上；
它刻着金的字句，
像雄鹰似的辉煌。

鹰呵革命的鹰群，
并没有折断翅膀；
它在静静地伏着，
抚着祖国的心脏。

它守卫在天安门边，
眺望蔚蓝的穹苍；
冰雪闪电和枪弹，
再也不能把它损伤。

假如它看见了信号，

它就要召唤祖国——
点起战斗的火炬，
再把那警钟敲响。

沿着长长的宫墙，
金盏菊花蕊芬芳；
这是美丽的花坛，
鸽子嬉戏在青草上。

兄弟们吹奏铜笛，
把英雄的事迹歌唱，
祖国年轻的儿女，
要记着这个方向！

1957 年 10 月，寄自北京

喷　泉

一

青草上有一道喷泉，
白得像玉簪花一样，
那是洁白的泉水，
从地下喷射到地上。

牧羊女走过这里，
赶着她的牛和羊，
她喝了一口泉水，
要告别她的故乡。

就在这一块牧场上，
不久厂房就要立起；
明年，或者是后年，
这里要出第一炉钢。

牧羊女，她的背后，
起重机轰隆地交响；
牧羊女，她的前面，
黄河送来了波浪。

二

泉水里有一个人影，
白得像水仙一样，
那是一位牧羊女，
她微笑着望着我们。

当她喝下一口泉水，
她看见自己的眼睛，
还藏在水花里面，
是那样的乌黑，深情。

牧羊女啊请你放心，
草原的主人是人民，
不论你迁居到哪里，
你还是这里的亲人。

不论你往哪里走，
火花在照耀你们；

泉水也会流得很远，
会跟着你的脚印。

1956 年

自　由

树上结的橄榄，
绿得多么好看。
树上结的橄榄，
比不上她灿烂。

头上插着白的花，
手上戴着大银环，
她好像一颗月亮，
照耀在竹林中间。

一幅绿的筒裙，
托着她的腰身，
在她站的地方，
是一座黎明的城[1]。

“摆夷”这个叫法，

①西双版纳的允景洪，又叫“黎明的城”。

和她极不相称，
卖橄榄的女子呵，
她是一个自由人，

她的祖先说过，
傣族就是自由；
可是直到今天，
她才有了这个姓名。

1963 年

一支歌

——给周恩来总理

穿过丛林和池沼，
他走了多少日夜。
可是阴谋家想用刺蓬，
拦在他的前面。

昂然地抬起头来，
微微地笑了一笑；
他站在群众前面，
仍旧对大地发言——

不怕树上有刺呵，
他可以把刺拔掉；
不怕叶子枯萎呵，
他可以洒上露水。

他是在寻找和平，

寻找知识和友谊；
路程不算很长了，
他快要登上高巅！

1956年12月于芒市

云中歌

上天去作鸟飞，
空中来把桥架。

高山不在眼下，
黄河不在话下。

飞天架起飞桥，
山上涌出浪花。

空中人笑道——
唱一个天山游吧！

云彩上面种树，
天桥两旁安家。

请看人间银河，

就在我的手下。

谁到“天下第一桥”来，
朵朵“花儿”赠予他。

1959 年

祁连山下

祁连山啊祁连山，
我站在你的身边，
捧起酒泉夜光杯，
盛上你的雪水，
面对这万盏灯火，
来把石油工人赞美——

英雄们开动钻机，
在油田之上大战；
一座座的新城，
从灯海中间涌现；
一支支的标杆，
从山腰直奔山巅；
金山献出宝石，
火树喷出原油；
使得这河西走廊，

开出繁花一片；
使得我们的身上，
沾满石油的香味。
祁连山啊我请你，
摘下你的银发；
在你高高的头顶上，
戴上一顶铝盔；
将你的童心，
化作红色的火焰！

1959 年 10 月于玉门

写在马头琴上

——一个传说

一位年少的牧童，
他睡在蒙古包中，
门外笼上一层薄雾，
天窗上月色发红。

他的马儿奔过来，
仿佛是一道瀑布，
它是那样的雪白，
又是那样的勇猛。

——“王爷的箭好厉害，
一支接一支射过来；
我中了一支毒箭，
奔回家倒在门外。”

“牧童你不要悲哀，

我也不会再悲鸣；
如果你还想念我，
就收起我的骨头和筋。”

“请你拿我的筋骨，
来做一把四弦琴。
再见吧，牧童，
永别了，主人。”

帐篷外一阵阵马鸣，
把牧童从梦里惊醒。
牧童站在草原上静听，
那是马鸣还是琴声？

那是琴声还是马鸣？
还是人民的仇恨？
牧童做了一把琴，
这把琴就叫马头琴。

1956 年 7 月，写于草原

嘎拉玛朝

一

那是一匹紫红马，
在草丛里扬起马蹄，
比谁的马都在先，
它是从草丛里飞起。

紫红马呵冲上山头，
镜光闪闪 尘土盖天[①]；
嘎拉玛朝跨在马上，
跳过小水潭和洼地。

草原，草原，两千里，
也跟着她在奔在飞，
她是骑在马上呢，
还是在驾着草原？

①蒙古族弟兄们，在一年一度的那达慕大会上，赛马的时候，马上拴着一副很小的圆圆的镜子，人们站在很远的地方，看到那镜子闪着光，就知道是马来了；往往是，还没有看到马，就看到镜子在草地上闪耀光芒。

草原，像一幅织锦，
像一幅天然的画卷，
在她飘飘的头发下，
一闪一闪，一闪一闪。

二

在圆圆的天空下，
云彩里有一位牧女；
要问她住在哪里？
她的家是云彩和马背。

要问她今年有多大？
她今年是十七岁。
要问她是什么人？
她是一位女社员。

她是骑在马上呢，
还是在驾着草原？
把草原携在马上，
把云彩担在双肩。

她好像最快的鸟，
从天边往这边飞，

突然往地上一落，
落在红旗的旁边。

三

我要歌唱嘎拉玛朝，
她使草原更绿了；
我要赞美嘎拉玛朝，
她使天空更亮了。

她的灵魂和脸孔，
我仍永远忘不了。
翡翠一样的头巾，
在她的头上飘摇。

怒涛呵，已经停下，
她现在是多么温柔；
谁要握一握她的手，
她的手轻得像丝缎。

呵，光荣的蒙古民族，
她像狮子一样勇敢，
呵，可爱的蒙古民族，
她像鸽子一样善良。

四

她是山上的鹰吗？不是。
山鹰的羽毛太苍老。
她是树上的燕子吗？不是。
燕子的翅膀太短了。

那么，她是一只百灵鸟？
也不是。百灵鸟太轻巧。
在这里有什么比她好？
我的眼里还没有见到。

嘎拉玛朝跨在马上，
钢似的马蹄踏着青草，
绿的衣袍，随风吹起，
拂着大地，拂着青草。

那是一匹紫红马，
从马群里穿过去，
好像是一阵浪头，
从草海上冲过去。

1956 年

天山顶上放歌

——序诗

一

我来到白雪之原，
我站在天山之顶。

唱一唱白雪歌，
叙一叙红柳情。

邀来太阳作手鼓，
邀来月亮作铜铃。

手执红柳把鼓敲，
万马奔腾来进军。

东来的云西来的云，
在一座山上相逢。

一边建设新的城，
一边建设新的人。

天边上一朵朵红云，
为新城作了头巾。

帐篷外一堆堆篝火，
为银河点起了路灯。

二

雪山插在云空，
像小岛浮在浪涛中。

蓝天白雪之间，
我来攀上冰峰。

天山上的云杉，
你为我们作帐篷。

天山上的狂风，
你为我们作号筒。

山泉的声音淙淙，

伐木的声音丁冬。

岩石崩裂声轰轰，
电站的吼声隆隆。

这是天山歌唱的时代，
我们一起来歌颂。

这是戈壁开花的日子，
我们一起来播种。

三

红柳青松白雪，
云飞草长花开。

千山雪万山雪，
山山好似白蝴蝶。

白蝴蝶飞进云彩，
天山诗草天山上来栽。

祖国是一棵大树，
戈壁你来作绿叶。

昆仑草，天山月，
沙中柳，烈士血。

时间是一片光海，
红色的标杆插起来。

是谁说是谁说——
“千年冰峰无人开？”

冰峰大笑一声，笑开千年锁，
天上的瀑布向戈壁奔来！

1961 年

天山颂

弹起你的冬不拉吧，
我来伴你歌唱——
呵，美丽的新疆，
你像金蝴蝶一样，
多少颗绿色的宝石，
缀满在你的双翅上。

说你像一只金蝴蝶，
这是说你的形状，
其实你呀你更像，
一只大的鹏鸟，
云杉是你的羽毛，
金子是你的心肠。

你的内心火样红，
你的外表雪样白，

金子、石油和葡萄，
都在你宽大的怀抱，
玫瑰开在沙漠边，
夜莺也常来啼叫。

山鹰盘桓冰峰陡峭，
云杉翠绿篝火缭绕，
那札尔写的诗句，
是你历史的写照，
它写出你的灵魂，
也描出你的容貌。

黄莺栖息在绿枝，
牧人追逐着水草，
今天的边疆战士，
像天山一般崇高，
天山横跨在戈壁上，
戴着雪冠多自豪。

哈萨克族的诗人说，
“月亮像一只小船”，
柯尔克孜、塔吉克，
民间来的歌手唱道：
“重做天上的月亮，
把整个的地球照耀。”

天山的两个大盆地，
每一座绿洲都是宝岛，
塔河岸上建高楼，
石河子新城白杨高，
天鹅也飞来了，
草鹿养在农场了。

一幅最新的画图，
挂在天山南北，
雪山和天鹅一色，
歌声和骏马齐飞，
黑的面纱早已揭开，
高雅汗面带微笑。

大鹏鸟有一对金翅，
脊背就是天山哟，
一边有塔里木，
一边有准噶尔，
塔克拉玛干大沙漠，
怎么不随它舞蹈。

飞吧，舞吧，唱吧，
党在召唤的大鹏鸟，
把天池捧在手上，
倾下你甜美的果浆，

祖国的一只金鸟呀，

祝你一飞万丈！

1961 年

亚克西[1]

①亚克西，维吾尔语，“好”的意思。

一

亚克西、亚克西、乌鲁木齐，
我们从北京来拜访你——
红柳、白雪、战士、马蹄，
油井、战旗、雪莲、晨曦。
雪山用天池作酒杯，
接待他战斗的兄弟。

二

亚克西，戈壁上的绿珠，
亚克西，农场的处女地，
亚克西，冰山上的仙花，
亚克西，阿尔泰的名骑，
这边有冬不拉弹你、唱你，

那边有热瓦甫抚你，爱你。

三

亚克西，和田、吐鲁番，
亚克西，喀什和伊犁。
天山是祖国的窗口，
有白雪作窗帘挂起；
白雪像歌女的舞衣，
从窗口飘向天池里。

四

一重重山峦一幅幅新图，
一层层雪浪一行行诗意。
千里万里大路不迷，
千奇万奇大旗不移。
喀什的月季多添一枝，
天山南北又上一层梯。

五

祖国一叶红旗一角，
就是如此壮观美丽；

请问天山雪，请问天山雪，
你能给我们最好的诗题？
请问昆仑月，请问昆仑月，
你能和我们同唱一声“亚克西”？

六

月天上雪，雪地上月，
天山之心并不是谜，
蝶似天山，天山似蝶，
飞在我们怀中谁能捉去？
美丽和真理是伴侣，
有真理就会有美丽。

七

戈壁的灯火如霓虹，
她和天安门在一起。
帕米尔和天山在对唱，
月亮把手鼓咚咚敲起。
我们骑着一只“白天鹅”，
万里飞来向新疆致意。

1961 年

日 出

你是雪山的晨钟，
你是战士的号筒。

你是天边的火鸟，
你是戈壁的赤马。

你是哈里[①]的巨觥，
你是山鹰的摇床。

你是金翅鸟的红额，
你是骆驼的铜铃。

你是边疆的红缨，
你是阿肯[②]的童心。

①哈里是维吾尔族传说中的一位巨人。

②阿肯是维吾尔语，哈萨克民间诗人的称呼。

你是红色工程师，
你是社会主义花池。

你是宇宙的骄子，
你是处女地上的旗。

你是金铸的印章，
打在常青的柱石上。

你是澎湃万丈的波涛，
在天山最高顶上，
奏出黎明的乐章！

1961 年

白　帆

谁知这一叶白帆，
记下五千年时间？

谁知这两岸绿叶，
曾是诗歌的摇篮？

战斗者热血与汗，
永远是历史画卷。

五千年云和月，
还留在金字塔。

尼罗河老人在船上，
他正在与新月攀谈。

这天上挂的新月，
成了船上的金环。

我们中国的诗人，
前来赞美你白帆。

白帆，历史的镜子，
桅杆，船夫的手臂。

巨手把镜子托起，
映照河上的波涛。

你比暴风更强悍，
烟雾中方向不变。

仿佛白云一片，
饱含露珠千串。

蔷薇在向你致意，
海鸥在向你呼唤。

芦苇为你吹笛子，
星月为你做灯盏。

尼罗河鹤发童颜，
未来展美景无限。

看旭日升上云端，
白帆现朵朵花瓣。

螺号阵阵高吹，
白帆驶向花园。

白帆请带上这首诗，
远航吧，真理是岸。

1962 年

千里思

——捎支歌给蛟潭庄[1]

①蛟潭庄是河北省平山县的一个村子，是晋察冀边区领导机关所在地。抗日战争时期田间曾经在这里工作，对这村子怀有深厚的感情。

蛟潭庄呵蛟潭庄，
河水流在我心上；
蛟潭庄呵蛟潭庄，
鼓声响在我心上；
——不能忘！
怎能忘？

老人千里来北京，
蓝布褂子热心肠；
老人捎来核桃果，
嚼着还似当年香；
——果子香！
情难忘！

千里白雪纸一片，
万里长城字一行；
写首诗献给公社，
捎支歌给蛟潭庄。

核桃树上那面旗，
依然飘在我肩上；
核桃树下那面鼓，
依然响在我心上。

花边铁钉牛皮鼓，
大鼓一敲泪汪汪；
红色油漆牛皮鼓，
大鼓一敲声声浪。

太行山上石头倒，
滹沱河上换新装；
咚咚的鼓声佼佼的二郎，
你在我身边我在你身旁；
　　——鼓呵鼓还在，
　　　　鼓呵鼓在响。

1962 年冬

白雪的画册

伊犁的白金树上，
长的白金子多哎，
棉花球啦白皑皑，
铺满了柯公达拉[①]哎。

柯公达拉两座雪山，
一在云里一在云外，
两座大山上的白雪，
做了这一本画册。

穿红衣的红女孩，
你是画中人哎，
父亲是一个垦荒者，
你是一个收获者。

①“柯公达拉”是维语，意思是“绿色的原野”，在伊犁哈萨克族自治州境内，在天山脚下，是新疆生产建设兵团一个多民族的大型农场。

② “吉格尔汗”是维吾尔语，意思是“沙枣花”。

我们的吉格尔汗[②]，
农场里的沙枣花，
一枚棉桃手中摇，
摇成这红花世界。

手提着一个水葫芦，
新开的河边打水来，
水葫芦提到水面，
水里的红衫子还在。
雪山是个多情人
拿你的红衫作画哎。

处女地上的第一代，
你把碧玉戴起来，
新开河里的碧水，
尽可作碧玉簪戴。

你造了一座大雪山，
留在白雪的画册；
你把碧玉插发上，
走进白雪的画册；
白金树上摘金子，
柯公达拉农场是金哎。

1962 年冬

咏　鼓

是山在摇，
是风在啸，
是母亲的悲诉，
是孩子的呼号。

是泪在流，
是火在烧，
是一座封建的大山，
被沉沉的鼓声敲倒。

鼓哟，鼓哟，鼓哟，
红色的鼓声呦；
鼓哟，鼓哟，鼓哟，
中国人的心呦。

鼓哟，鼓哟，鼓哟，
唤起那激流怒涛；
鼓哟，鼓哟，鼓哟，
迎来阵阵革命号。

是风在啸，
是山在摇，
是千斤石板揭开了，
是阶级兄弟在大笑。

星落月落鼓音不落，
敲呀敲！
山摇地摇鼓声涛涛，
敲呀敲！

1963 年冬

月和船

两岸绿叶担双肩，
千丈白发挂一杆。

——船呀！
——船呀！

月亮是你的妹妹，
游在浪里把船推。

——月呀！
——月呀！

船是月亮的伴侣，
巨臂插天把月牵。

船似月，月似船，
惊涛骇浪比比看。

——船呀！
——船呀！

请莫夸你那白发，
用青春装点江山。

——月呀！
——月呀！

饱饮河水上蓝天，
金镰一弯舞翩跹。

船呀鼓满风的帆，
往前赶，别搁浅。

我向白帆与明月，
发出一封请柬：

——驾大风，

——挽狂澜。

朝日红霞旗上染，
同为人民唱凯歌。

1962 年

旭　日

旭日旭日欢呼你，
晨光普照我晋冀。
你啊手挥着花枝，
你啊传播着生机；
你啊挂在井架上，
你啊唤醒这金泥。
大雪扑来你不退，
油花喷射叹往昔。
冲过山峡和海堤，
冲过魔鬼的藩篱。
狂呼，
狂呼，
踏着金色的长廊，
迎接一个新世纪，
亿万年前古恐龙，
钻工将它一手提，

鱼化石啊引燃复活，
古潜山啊大笑不止！

1977 年

西柏坡（前篇）

一

绿树葱葱，
夜半灯红；
毛主席指挥若定，
双眼微含着笑容。

胜利在望，
成竹在胸；
高大的身影一晃，
窗外星星都摇动。

二

重炮隆隆，
枪刺重重；

百万雄师尖刀猛，
座座敌堡皆土崩。

排山倒海，
追击顽凶；
鳖已在瓮末日临，
铁壁合围再猛攻。

三

院内翠竹，
婆娑轻舞；
三大战场捷报传，
喜满山村农家屋。

夜幕渐逝，
曙光渐露；
野外有一个巨影，
双手将青禾抚摸。

四

呵，西柏坡，
新树一株；

枝叶正伸向天宇，
种时领袖刨的土。

乡亲嘱咐，
永远保护；
祖国胜利看日出，
站在山村望新路。

五

太行高耸，
滹沱欢颂；
风尘仆仆开国者，
何计区区名与功。

天安门上，
日照长空；
万里长征第一步，
未来事业仍无穷。

六

三大战役，
“七大”警钟；

那时毛主席告诫，
力量来源于群众。

长城雄关，
庐山险踪；
都和西柏坡相通，
红色路线看丹枫。

七

面对云空，
背倚群峰；
无产阶级的大师，
西柏坡上留英名。

继往开来，
神斧天工；
天安门前纪念堂，
万千火种正熊熊。

1977 年

西柏坡（后篇）

一

月照柏树，
星映翠竹；
主席总理灯相伴，
新诗一首共相呼。

透过窗棂，
遥望金谷；
大千世界哪里去，
硝烟未散望前途。

二

雄鸡一唱，
晨曦初露；

忽听飞瀑作人语，
又见万木凌空舞。

需要金锄，
再耕泥污；
总理手握一把土，
难忘勇士的胸脯。

三

神州要犁，
赤县要锄，
山中需有铁牛叫，
山中可让船飞渡。

拍案而起，
迈开大步，
难道峰峦不可削，
峰峰顶上铺新路。

四

手捧红书，
细细研读；

"愚公移山"应记住，
红色愚公不可数。

共产党人，
自有神斧；
斩碎巨石变通途，
万山之中垒金湖。

五

胜利之土，
血染汗注；
金泉要在山里唱，
银河要在山中铺。

枪火燃处，
江山新铸；
中国人民站起来，
党的嘱托莫辜负。

六

总理往日，
怀中之图；

而今已成现实，
平山山更绿。

万倾新波，
岗南水库；
白帆点点穿云雾，
匡庐陡起万山伏。

1977 年

召　唤

记一次党的生日庆祝晚会。在中南海，毛主席的接见。

春水浩荡向前流，
伴有多少海鸥？

多少落叶随风去，
多少新花开心头。

五十年代新中国，
毛主席呵挥巨手。

中南海里庆党日，
红色星斗映翠柳。

多少中南海灯火，
簇簇似花球。

今夕中南海的鼓乐，
声震重霄九。

黄河之水手上来，
人民之心是源头。

风云变幻几十年，
需争朝夕不需忧。

马列主义换天地，
红心常照我神州。

导师坐在藤椅上，
微笑呵良久。

大家来到您身旁，
手上捧着酒。

喜听毛主席召唤我，
高举烽火破关口。

感激毛主席笑迎我，
斗鬼神，捉泥鳅。

马列——生命，
党呵——旗手。

灯火——烽火，
雄文——不朽。

看烟云阵阵飞卷，
看万山处处红透。

红楼屹立伴江流，
风风雨雨有何愁？

党的生日胜利日，
中南海水浪花稠。

1976 年重录

红　柳

是战士的铁骨，
使得雪山飘青。

是烈士的忠魂，
擎起簇簇红缨。

你那手臂青青，
你那躯干亭亭。

你有千枝万叶，
你那花蕊缤纷。

石头海里你插旗，
戈壁滩上你扎根。

红柳呵红柳我们来，

踏着你的脚印前行。

唱一支红柳歌，
作一个红柳人。

看我们登上万丈峰顶，
天边挂上一颗星。

看这全世界的灯塔，
风暴里升起的红星！

1962 年

清　明

一九七七年清明，我在长安街，缅怀培育我的革命老前辈、毛主席的亲密战友、敬爱的周总理，想起“四人帮”对周总理的恶毒攻击，怒火又燃，短歌一串。

顿时九洲叹，
怒火又高燃。

哀肠肠欲断，
悲心剑已闪。

想到奸贼脸，
去年园中摆酒宴。

长空妖雾起，
长天正欲翻。

我哭豺狼笑，
热泪何时干？

泪雨洒云天，
哪怕头颅断？

“四害”横行时，
我辈岂怕关？

誓言血来写，
甘献我肝胆。

英明华主席，
拨雾见青天。

党是钢铸成，
“四害”终被判。

区区那鼠辈，
休想再作案。

我笑豺狼哭，
历史的必然。

石头谁搬起，
就把谁砸烂。

一夜东风起，
春花万枝繁。

京都花满满，
春光谁敢占。

今年一月八，
总理似回还。

中国色不变，
忠骨永不寒。

清明念忠魂，
素纸满天卷。

永念周总理，
对敌恨能完？

长擂镇妖鼓，
高歌赞攻关。

巍巍青山立，
峥峥铁骨坚。

壮志即是春，
革命永向前。

天公有情天不暗，
撼山容易撼周难。

天公今日睁开眼，
总理含笑花丛站。

1978 年

毋忘草

折下一枝春——
献给你呵大山！

一

战地山色美，
变幻三十年。
导师虽长眠，
春风把绿染。
崖上毋忘草，
常使战友还。

二

阜平春不散，
高山存赤胆。

烈马仍奔飞，
号音仍召唤。
崖下石门开，
伸手把月揽。

三

远眺长征崖，
志在山外山。
远眺长征崖，
战士不下鞍。
春呵光灿灿，
战士红丹丹。

四

小米加步枪，
不忘战核弹。
此山有红星，
火枝伴花瓣。
此山有巨人，
谈笑过险关。

1979 年

棒槌峰

承德离宫外，一青山之上，孤立一美丽石峰，上粗下细，直插天际，挺立云间。人们又称是“定海金针”。石峰腰间，长有一棵桑树，长年不枯，野鸟环飞其上。

亿万年月之际，
你是升自海底。

——棒槌峰，
　　崖畔立。

万山一柱巧倚，
天宇是你扶起。

——人称是石梃，
　　美丽而神奇。

一

你如一枝金菊，
金枝把天染紫。

是你扶住落日，
是你擎起晨曦。

槌峰夕照光姿，
使我沉思又神思。

——影子映湖底，
　　昼夜不流逝。

宛如一位史家，
风风雨雨不迷。

似是一位巨匠，
高奏你那风笛。

二

神女峰呢在否？
哪堪和你相比。

雷峰塔呢在否？
早已伏卧在地。

棒槌神影照世，
藏有时代记忆。

——风云多变幻，
　　青山常不移。

因而在你腰际，
桑树绿叶茂密。

莫非这是野鸟，
竟来作此壮举？

绿在你的心中，
绿在你的胸臆。

人说你是化石，
你似铁铸金泥。

给登山者以智，
给守边者以力。

给歌手们以诗，
给舞蹈者以技。

——攀天，攀险，
　　攀高，攀尖。

三

独独一枝奇花，
当当一块神石。

你是日月之子，
你是青山之师。

听，听，听，
听你高奏长征曲。

——前去！
　　前去！

看，看，看，
看你壮我胆识。

——前去！
　　前去！

相传你是龙女，
此是你的梦域。

忽而你已振翅，
似向大野奔驰。

你已画出往昔，
又在探寻潮汐。

苍空留一巨制，
万山刻一孤壁。

棒槌峰上观者，
怎能不高评长议？

棒槌峰上观者，
怎能不指点风姿？

仙人洞有仙滴，
它难和你比拟。

而你千古不移，
志在绿遍大地。

敌人大炮轰过你，
你呵如雄狮不屈。

青春中国挥巨笔，
青春之火永不熄。

——前去！
　　前去！

1980 年

问　月

登上月台望月，
月哟你却不来？

忽有一弯新月，
来自科学天才。

你已藏在云外，
我已久久等待。

你把山门推开，
你已穿过石海。

你的银光皎皎，
我的豪情澎湃。

你是光的使者，

照耀长城古塞。

未来向你呼唤，
你也大步正迈。

山庄一湖碧水，
把你捧上月台。

站在高峰远望——
云开山开花开。

1980 年 7 月避暑山庄月台即兴

离　宫

一

离宫日久年长，
霓虹今照其上。

呵七色的长虹，
似在仙人手掌。

二

月盘如堕水中，
云帆而今何往？

宫内之花二十里，
黄金之花满围场。

三

响箭早已腐锈，
火枪枉称雄壮。

热河泉是人民泪，
川流不息话兴亡。

四

丽正门今由我进，
麋鹿嗷嗷惊望。

今日塞北江南，
铜管高奏新腔。

五

清代论亡往日事，
功过自有一本账。

山高天更高呵，
墙长云更长呵。

六

古木参天意不尽，
故事要由今人唱。

智者团结各族，
勇者捍卫边疆。

1980 年

水　仙

一

像是一位女子，
徘徊热河泉边。

身着白色裙衫，
风吹而起姗姗。

手持一束白花，
正与泉水倾诉。

二

穿过密密丛林，
晨光渐渐远展。

忽而光华一现，
林中云开雾散。

泉珠出自石缝，
百花纷纷撒遍。

三

呵，多少年间事，
是谁得以相见？

昔日地母之泪，
难道不换容颜。

试看塞湖揭开帷幔，
水仙跃出湖面。

1981 年作

致红百合

一

我曾站在牛棚之边，
见你时时和我作伴；
使我不要绝望，
使我不必悲观。

我在十年动乱之中，
听你频频对我诉言；
奸贼虽欲动刀，
赤泉仍在山岩。

二

我有一颗党的赤胆，
曾在烈焰之中爆燃；

你以无限热力，
化为野火斑斑。

我有一颗赤子之心，
曾在冤海之中闪现；
你以片片花瓣，
护卫生命之泉。

三

呵，红百合赤的花瓣，
恰似壮士热血未寒；
任它把我诬陷，
我自立于郊野。

呵，红百合生之热恋，
你与我呵结为良缘；
我已和你相约，
探寻希望之岸。

四

冤海已翻大浪触天，
历史也醒铁笔高旋；

你呵胜似天仙，
撒下红色诗笺。

千峦万壑雪山冰崖，
掀开帷帘自有奇观；
星与魔影之间，
度过这场恶战。

五

每当毒蛇喷出毒涎，
每当恶人暗埋手雷；
危崖或能摇撼，
坚峰岂能倾翻？

囚我者也必将自囚，
撼我者也必将自撼；
红百合呵霓虹，
看你红霞串串。

六

红百合呵，在我怀中，
已经盛开坚贞不换；

羞看温都尔汗，
我将红心远射。

红百合呵在我身边，
壮志更高凤凰更灿；
试看今日尘寰，
谁敢凶顽谁敢？

写于四化征途中，据存稿修订

1980 年

①萧红过世时田间在根据地，因通讯闭塞很久才得知。1962 年，田间从开罗参加亚非作家会议途经香港，与茅盾、夏衍一起去拜谒萧红墓地。诗人写下悼念萧红的《萧红墓畔札记》两首诗。香港三联书店成立三十周年出版纪念集时，将其收录。

萧红墓畔札记两首①

海花与激浪

此时海上波涛万状，
如火如雪似织似纺。

海阔天扬云下沧桑，
不尽之浪海鸥翱翔。

欲飞欲停欲停又上，
海长天长你向何方？

不跨千尺也渡一丈，
与海同语与天共唱。

往事在怀朋友凝望，
问你何在问你何往？

亚非正紧战士正狂，
风云高歌何以相忘。

生死场上雄音今何在，
莫非是那海花与激浪？

是雪？是虹？

一

海在我的心中，
披着一束长虹。

海在我的胸中，
时刻听见警钟。

二

青春之岸在望，
须穿波涛汹涌。

掷下大海二章，
愿它抗击暴风。

三

生死场上作者，

日夜守在风中。

沙滩几撮绿荫，

是你生命之棚？

四

于今生死场外，

已经山绿旗红。

愿你展翅而起，

飞向万里苍空。

五

愿与大海同歌，

愿与巨浪相颂。

何处是你行踪，

是海？是雪？是长虹？

1962年写于香港

纪念闻先生

这个人是火啊，
升起来了，
抛出火种，
掷向那魔窟。

若不擎起红烛，
怎能破门而入？

这个人是火啊，
升起来了。
呵爆一声，
咱们的中国！

天空竟是监狱，
多少恶魔在狂舞；
中国何以得救，

鼓手你要迈步。

东方会亮的，
魔窟必冲破；
长者踏开血路，
歌者向前开拓。

这个人是火啊，
他献出那血花，
洒在坟墓里头，
灯光何其灼灼？

且看天边有一日，
万丈红波磅礴！

1946 年为纪念闻一多先生而写，后来修改

献给民族魂

纪念鲁迅诞生一百周年。一九三六年，在鲁迅葬礼上，浩浩群众以“民族魂”三个大字，敬献给先生。

一

生有革命骨，
不作他人奴；
风中雨中你自笑，
笑迎窗外将新曙。

挥起那神斧，
砍开生之路；
光明啊有如海燕，
暴风雨中正飞逐。

二

窗外镣铐响，
又见屠刀扑；
捧起血珠向天掷，
多少冤魂已难数。

为了自由之故，
欲泣已无泪珠；
刀山伸来仇者手，
血海埋有亲者墓。

三

甘当孺子牛，
冷对千夫指；
那时的中国血海，
暴雷古树也发怒。

巍然民族魂，
站立在高处；
中国你往何处去，
北方已有红星出。

四

我的民族之魂，
高高昂起头颅；
滔滔热血火之种，
升起一支支火柱。

红军在汇合，
铁流在集聚；
取出林中的响箭，
射杀吃人的暴徒。

五

你的生——控诉，
你的死——血书；
泪声已经变刀声，
揭开旧中国一幕。

求生者的反扑，
烈火熊熊奔赴；
我看那冲天光柱，
星花啊满天飞舞。

六

当你长眠时，
难闭的双目；
面对千百万骨肉，
灼灼光柱照千古。

祥林嫂的门槛，
终于已呈新绿；
神圣嘱咐我不负，
奏响我的号与鼓。

七

历史红色闸门，
长起丛丛花树；
民族魂霹雳之声，
仍响在我的肺腑。

阿 Q 的村铺，
已是新国土；
毋忘多少艰险处，
奔啊奔啊向前去！

1981 年稿

云　雀

喜欢雷雨的云雀，
乐于安居在青草。
终日云中翱翔，
云中轻轻欢叫。
任它狂风来袭，
你的歌声却更高。

当雷雨骤然降临，
你也不畏其强暴。
电火使你光亮，
你比露珠光耀。
雪莱把你传于世，
今日听你诵春潮。

云雀你在飞跃时，
影子掠过那水沼。

你虽急速冲去，
倒影仍在留着。
你为长空唱诗谣，
你为碧草奏琴箫。

每遇猎人射击你，
梦想抓你进囚牢。
你是冲天叫的，
怎甘落入圈套。
你爱蔚蓝的天空，
你爱碧绿的水草。

你在草原上栖居，
你把青山当绿岛。
舞哟舞哟舞哟，
鸣哟鸣哟鸣哟。
你是长空的歌女，
歌音绝时留仙调。

飞来峰上花娇娇，
风吹围场树高高。
红色潭形之山，
烟雾早已云消。
千里来访将军泡，

不如说是访仙鸟。

祖国正把青山照，
山中之泉也远眺。
高飞高飞高飞，
云雀云雀云雀。
甘露任你来常饮，
曙光升起早吹号！

1981 年

站　起

——写于四化征程

一

我从冤海中站起，
张开自己的双臂；
欣看人民皆控诉，
奸贼站在被告席。

我从冤海中站起，
双手握住红柳枝；
红柳枝上那血滴，
已在石碑题上字。

我已
站起！

二

我从冤海中站起，
晨光是如此美丽；
法庭宣读指控书，
给“女皇”当头一劈。

我从冤海中站起，
“女皇”画皮被撕碎；
末日毕竟属于你，
我仰头大笑不止。

三

我从冤海中站起，
祖国大地换新衣；
白雪把污地扫清，
红柳狂舞枝枝喜。

双手捧起土和泥，
鲜血染处需耕犁；
正在含苞的月季，
也将要引人思考。

四

旧枝折断新枝又发，
乌云再难遮天盖地；
还我沙场一铁戟，
还我长征一布衣。

冤海中死难者白骨，
铸成了登天之云梯；
四化之途虽艰难，
天公难挡祖国意。

五

还我灼灼愚公志，
天上地下皆奋起；
在这地球之上，
吆喝东风前去。

在这地球之上，
漫天皆是星粒；
必将因人而变幻，
必将因时而献计。

六

九百多万平方公里，
绿的天国必将建立；
我愿作那晨星一颗，
宇宙星空遍访一次。

不使红柳再扭曲，
高举花蕾向天际；
未忘当年长征时，
欢呼祖国再崛起。

七

我以月季写新辞，
我以白雪唱春意；
我在这红柳之下，
我为祖国吹号笛。

诗人之心不能迷，
诗句要似雷电击；
唱出泥花吐诗画，
蓬勃迎接新世纪。

八

即使在此长眠时，
我的双目将远视；
我不向人报复，
但也绝不受欺。

我从冤海中站起，
再写一首长征诗；
党呵人呵天呵，
我不辜负铁笔。

九

我从冤海中站起，
红柳摇曳笑蝼蚁；
无知比贫穷可怕，
“穷”是个愚痴。

玉域常从泥中辟，
可从深山采灵芝；
永为哲人羽翼，
振兴中华不息。

十

朝霞绮丽，
晓角高吹；
一木一石，
焕发生机。

过去我是个奴隶，
枷锁不应为我制；
倘使我再埋海底；
也化作波涛千里。

我已
站起！

1981 年

前　行

一

此刻虽有寒讯，
大地却已逢春。
祖国，
你要拭去泪痕。

新枝应是森林，
大地应是长青。
祖国，
你要扬鞭驰骋。

二

气可鼓而不可泄，
胜利之果在险峰。

祖国，
不忘伤痕再长征。

青春不可浪费，
岁月不可因循。
祖国，
请听前行的号音。

三

哪有功夫去叹息，
留有精神多思忖。
祖国，
哀伤莫大于死心。

柳暗花明又一村，
任它峰峦一重重。
祖国，
壮士常在苦中生。

四

金泉穿过身边，
绿柳拂在怀中。

祖国，
春光正把我们等。

一峰连着一峰，
一程又是一程。
祖国，
敢攀险境无险峰。

五

既要唱出千古恨，
又要奏出四化音。
祖国，
寒冬过后日月新。

革命者怎甘止步，
建设者哪有终程。
祖国，
前行前行再前行。

1981 年作

赶车传（长篇叙事诗片段）

赶　车

人呀没有路走，
石头也把泪流。

石不烂门口，
一家四口人，
左左右右，
围着一挂车哭，
人也不愿走，
车也不愿走。
石不烂赶着车，
拉着闺女说：
“蓝妮你上车，
先到朱家去；
我卖了人呵，

我卖不了心；
我卖了闺女，
我卖不了冤仇；
蓝妮，蓝妮呵，
死到朱家吧；
能叫人砸碗，
不叫人砸锅；
你虽到虎口，
救下人三个；
蓝妮，蓝妮呵，
爹心里知道，
你到朱家去，
就算人死了，
就算死了人；
你在那里死吧，
那是你的坟墓；
那是你的命，
那是你的路，
你就在那里，
埋下你的骨头。
爹在坟土外边，
给你烧香磕头。”

蓝妮心一块玉，

从高山滚下地。

人虽能上车，
心爬不上去。
石不烂又说：
“蓝妮你别哭，
世道哭不服；
嘴巴里没风，
嘴也吹不响；
灯里没有油，
灯也点不亮；
河里没有水，
也开不了船；
树上是苦花，
结的是苦果；
这一颗苦瓜，
囫囵地咽呵；
要是人不死，
过两日再吐。
你别哭，你别哭，
留下眼泪好报仇！”

在崎岖的路止，
石不烂赶着车。

穷人的车呵，
装的泪载的仇；
好比盖的大雾，
又淋的暴雨。
蓝妮上了车，
人也哭车也哭；
在不平的路上，
哭声四面传来；
车儿和蓝妮，
滚来又滚去。
路呀，好难走，
难走，好难走；
走呵也是愁，
不走也是愁；
真是冤仇一日结，
千年难割断！

“走呀不走？”
问天天不答。

“走呀不走？”
问地地不答。

“走呀不走？”

一望那高山，
水往下流呵，
穷人有谁管？
石不烂，
赶着车，
口问心，
心问口：
“朱桂棠你是狼，
骑在人头上；
胡说欠你租，
霸占我闺女；
还要逼着我，
亲自送人去！
谁说我欠租——
剖开我的肚，
只有干草一束，
哪有一颗粮？
只有干草一束，
哪剩一颗租？”
石不烂他心上，
千转弯万转弯，
泪也从心窝，
弯着朝外边流。
他自己流的泪，

他自己又收住。
忽然一声响，
好比雷打车，
轰，轰，轰，
蓝妮滚下地。
她这时大叫道：
“爹呵你送我去，
你要常守我；
你不常守我，
你的心常看我；
你不常守我，
你的眼常望我；
我到朱家去，
不做朱家人；
我姓石，
我叫石，
我就做石头！”

苦　海

苦海里的穷佃户，
几时才有活路？

苦海里这颗树，

几时才能发青？
苦海呀、苦海呀，
我想要问问你——
你要来把蓝妮
一口吞下去么？
苦树啊、苦树，
你就是蓝妮么？
蓝妮呵、蓝妮，
你就是这苦树。
石不烂是歌手，
为你唱了多少歌；
山歌手的苦歌，
几时才能唱完？
塞上的歌声，
你为什么不乐？
树上的诗句，
你为什么说苦？
叫我来唱吧，
听我来说呵！

石堡和石头村，
相隔有五里路。

石堡和石头村，

隔着一道山坡。
石头村在东边，
石堡是在西边。
一座小山上，
是两个天日。
东边的太阳，
太阳早晨出。
西边的太阳，
太阳晚上出。
东边和西边，
走的是两条路。
东边住着佃户，
西边住着财主。
东边住着小户，
西边住着大户。
东边石头多呀，
西边果树多。
东边是上房呀，
西边是高楼。
东边是石头村，
西边就是石堡。

石堡是座古堡，
石堡是封建窝；

四面都是围墙，
它的围墙很高，
它有小碉两个，
它有枪眼四处。
堡子外面是——
马场、林园、果树。
塞上这一片地，
风沙吹不断呵；
塞上这一片土，
一层层的云雾。
朱桂棠他在这里，
一手把天遮住；
这人是大恶霸，
高利贷大债主；
这人是川大狼，
这人是山边虎；
王法在他手上，
土地在他脚下；
他霸占了山头，
他霸占了果树；
他说的话呀，
句句都得算数。

唱苦歌的人呵，

知道哪里最苦?

东山上有苦,
西山上有苦;
哪一条山上,
比不上这里苦。
掉下来的血泪,
能把石山推走。
朱桂棠的住处,
朱桂棠的大门,
好像一座坟坑。
蓝妮一朵花呀,
走向这座坟坑;
在她的前面,
是一对黑大门——
朱家第一道门
叫走车大门;
门上扎的铁钉,
好比天上星星。
两旁是拴马石,
拴马石灰森森。
第二道大门,
名字叫做楼门;
门头上雕的是

二龙来抢珠；
珠上抹的红，
龙上涂的金。
二道门的里边，
门里是天井；
荷花和牡丹，
倒有那么几盆。
玻璃窗白晃晃；
竹门帘绿盈盈。
屋里的墙上，
挂着四幅画——
一幅画名叫：
“凤凰展翅飞”。
一幅画名叫：
“荷花水上漂”。
一幅画名叫：
“梅花含雪笑”。
一幅画名叫：
“俊鸟落枝头”。
屋檐上还有画，
画的天官赐福。
这是两院一楼；
好像那黑云呀，
盖着半个山坡；

前面有个大院，
后面有个花园；
园里有棵大树，
栽了好几十年；
树枝连着堡墙，
叶子搭在窗边。
光明被它挡住，
自由被它抢去。

蓝妮坐在车上，
车轮也打抖嗦。

前面那是刀山，
前面那是虎口，
石不烂赶着车，
牛车赶到门口。
蓝妮哭下车，
哭的上了楼。
朱桂棠见人哭，
面子上不好受，
指桑骂槐地说：
“石不烂、石不烂，
你眼睛好瞎！
好道你不走，

你要走歪路，
租种地不打租，
拿闺女欺侮我。
叫人说了闲话，
你可能挡得住？”
石不烂的冤仇，
刮成风烧成火；
高楼和大屋，
在他身边飞转：
“什么梦你不作，
你偏作这个梦；
地上这癞蛤蟆，
想吃那天鹅肉？
害得我没路走，
不杀你就杀我！”
楼上的蓝妮，
蓝妮也在大骂：
“杀了我！杀了我！
他也不叫我喜欢。
别说他的钱多，
钱多买不下心；
哪怕钱堆成树，
我也不去攀树；
哪怕钱堆成船，

我也不去坐船。
我是姓石的人，
不走有钱的路！”

火　光

穷人没有刀剑，
武器就是火焰。

朱桂棠脸一变，
好像黑了天。
马鞭子一抽，
咚咚走上楼：
“你个小毛丫头，
你个小泼货，
你来到铁门口，
难道你想飞走？
你来到金銮殿，
你敢不守规矩？
你笑我呀有钱，
难道我刁过人？
你笑我呀有钱，
难道我做过贼？
哼、哼、小毛虫，

你也要想搬天？
哼、哼、小老鼠，
你也要想拆楼？
我不见你头上，
小辫子扎的秀，
扔你下花园，
把头挂上树！”
他话未说完，
蓝妮接上口：
“有犯法的罪，
没请死的罪。
你有铁的门，
关不住我的心。
你有金的楼，
压不住我的命。
我的心属于我，
我的命属于我，
我要走我的路，
难道也不由我？！”

天上下暴雨，
老天自己收住。

朱桂棠下了楼，

客房里摆起酒。
他和大老婆，
二人坐上席，
二黑下席站，
石不烂三席坐。
这桌酒是和酒，
朱桂棠叫老石，
劝闺女歇歇心，
自己来享享福。
福吗？哪里来福？
少吃些苦就得。
甜的话听不得，
毒的酒喝不得；
老石独自坐着，
好像一支红烛；
怒火正往上烧，
心上正把鼓敲：
“蓝妮呵成了人，
给爹赚下脸。
爹脸上的黑，
她洗下一半；
还有一半哩，
我自己来洗。”
蓝妮下的决心，

老石已经看出；
有了个新主意，
心上胆也长出；
只是进了石堡，
进了高门大屋，
想出去也难了，
容易进不易出。
这时是半夜，
他往楼上走。
他一望：路好黑，
山好黑，水好黑，
朱桂棠的心，
好黑呵好黑。
朱桂棠的梦，
好黑呵好黑。
朱桂棠你呵，
你一不赶车；
朱桂棠你呵，
你二不喂牛；
你呵好吃好穿，
哪里来的荣华？
你呵肥酒大肉，
哪里来的福禄？
朱桂棠你呵，

你指我向东来，
我不敢往西走；
哪里来的王法？
朱桂棠你呵，
休夸你福自天来；
朱桂棠你呵，
休笑我人穷志短；
怕人难道怕到死，
难道没有个够？

石不烂拼一死，
他来对蓝妮说：
“海有边，河有头，
咱们没有路；
山有顶，水有底，
咱们没有脸；
咱们要烧香，
庙也嫌咱们臭。
靠山呵，山倒，
靠水呵，水流。
活着也是个死，
反正是死，死呵！”
蓝妮伏下身来，
伏在爹的身边：

“我死呵你别死，
我犯罪你别呵！”
石不烂哪甘休，
烈火烧上心头：
“能活再活两日，
不能活晒尸首。”
他把蓝妮扶住，
蓝妮上了大树；
他也攀到树上，
点起一把大火。
火星投进窗口，
怒火穿过窗户。
天一红地一红，
石不烂也一红。
在一片火光中，
朱桂棠追上来，
从楼上开了枪，
他大喊要抓贼！

古话说：“墙有耳，
伏寇在侧。”
朱桂棠是个鬼，
早就有打算，
拿着他的枪，

守着他的楼。

石不烂是巨石，

要把天冲破。

拿着他的命，

烧成这烈火，

洒下他的血，

使它流成河。

楼上枪声一响，

石不烂逃了出去。

朱二黑也追来，

要捉他没捉住。

蓝妮倒在树下，

向着苍天高呼！

找　党

牛棚里石不烂，

脱下了血衣裳。

村里有人说：

“别人不闹你闹，

天呀有多高，

地呀有多厚，

你知不知道？”

村里有人说：
“猪来咬小狼，
也要防后事，
你这冒失鬼，
甚也不知防。”
村里有人说：
“穷一方富一方，
隔的是冤海，
不用说架个桥，
连人情也不讲。”
村里还有人说：
“空结了渔网，
鱼也没捞到，
虾也没捞到，
捞了件血衣裳。”

石不烂的身上，
挂着红的血珠；
一听有人埋怨，
气呀长得更粗。
大大的牛眼，
方方的头额，
豪爽的性格，
结实的身材，

好比一棵大树，
根和叶摇起来：
“死呢？活呢？
活呢？死呢？
死是太冤枉，
活是挨刀挨枪，
死挡不住风雨，
活照不见太阳，
死也死不得，
活也活不成。”
有人骂他好喝酒，
好招风，好唤雨；
又有人笑话他，
干打雷不下雨；
有的人这么说：
“石不烂好比鼓，
咚咚响两下，
过后就没音。”
说好话的也有：
“石不烂是块铁，
倒在火炉里，
烧了还是铁。”
说好话的也有：
“他这人硬骨头，

一不做二不休。”
风言呵风语，
好比雨打树；
树虽长得粗，
枝叶还不多，
雷又打，雨又打，
它哪儿受得住？
村里有个长工，
是个共产党员，
名字叫金不换，
来看石不烂说：
“到大山里去吧，
那是咱们的家；
找毛主席去吧，
他会给你找路！”
牛棚里，牛车旁，
石不烂做了个梦；
延安有个救星，
来到他的身边，
招呼他石不烂：
好同志你别愁，
天底下说有路，
哪儿有路走？
天底下说没路，

难道真没有路!

石不烂你要问路,

石不烂你要找路!

天色快要亮了,

雄鸡叫了三遍。

石不烂好兄弟,

拐着腰弯着背,

搭着麻布袋,

扶着木拐棍,

跨过几重高山,

他要到大山里去,

他要找共产党去,

他要找毛主席去!

苦　树

蓝妮说过:“爹不能常守我,

你的心常看我!”

石不烂一走,

蓝妮漂在苦河;

头发往下落,

脸色也干枯;

头发快白啦,

骨头快磨断；
关在那小楼，
等着刀临头；
她站在楼上，
望着那满天云；
她站在窗户边，
望着那高山头——
爹不能常守我，
你的心常看我；
我住的朱家楼，
我不是朱家人；
我住的朱家楼，
我想的石家苦；
我看的朱家人，
我想的石家牛；
我看的朱家花，
我想的石家血。
石家的牛棚，
穷人的骨肉；
朱家的大楼，
穷人的坟墓；
朱家的大楼，
天天埋着我；
石家的牛棚，

往日养过我。

我姓石，

我叫石，

我是一棵苦树，

树上没有花果。

这一颗心呵，

要飞出苦海去！

她要飞，飞呀，

远远地飞走！

石头要变鸟。

苦树要做船；

要逃出苦海呀，

死也要飞走！

蓝妮这一天，

站在窗户边；

眼望高山头，

泪往窗下流。

朱桂棠狼呀，

来到她背后，

她在哭他在笑，

她在哭他在骂。

忽然鞭子一响，

他说："滚下楼去！"

年轻的蓝妮呵，
关在那黑屋里。
也许她是昏了，
也许她是疯了；
她咬破了手指，
她撕碎了衣衫；
眼前一片黑暗，
屋里一片黑暗，
只有那一颗心，
好像山泉似的，
还在岩石下面，
急急地流转。
心里泪眼里泪，
一齐流流不完。

哭声中，
房里墙，
陪着哭。

哭声中，
房外树，
陪着哭。

哭声中，

房里墙，
低下头。

哭声中，
房外树，
低下头。

哭声中，
楼上人，
笑不休。

楼上有人笑，
楼下有人哭；
那个母老虎，
笑的哈哈哈；
那个白脸狼，
笑的嗬嗬嗬。
朱桂棠笑着说：
“贵货是贵货，
贱货是贱货；
金子是金子，
石头是石头；
我当她是块玉，
哪知她是把土；

我当她是个人，
哪知她是个鬼。”

问　答

太阳呵不变色，
苦河里水不换。

苦河里水不换，
不变青不变甜，
变成了老血井，
变成了吃人窝。
朱桂棠订家法，
罚蓝妮三不做：
一不许出门，
二不许吃荤，
三不许交朋友；
许做的坐黑屋，
叫拿笔画良心。
蓝妮心上问：
“狼呵也有良心？”
画不出，画不出。
她画一只乌鸦，
嘴上咬着花朵，

她画一座苦海，
海里有棵苦树；
她画一座火山，
火山正在燃烧；
她画一个救星，
站在那高山头。
朱桂棠更恼火，
拿来一碗水，
硬叫蓝妮顶住，
不许洒不许漏。
朱桂棠他说：
“养个狗会看家，
养个猫会捉鼠；
我给你饭吃，
你给我砸锅；
莫非我怕打死你，
怕偿你的命么？
打死你算什么，
老子有的是钱，
再买一个山头，
送你一堆黄土。”
蓝妮气不过，
话里把针穿，
“我也不怨你，

我也不骂你；
怨老天不长眼，
生下你又生我；
你姓朱我姓石，
本不是一条路；
生来就是冤家，
死了还是对头。
这就是我的坟，
这就是我的墓；
我死在这地上，
也不沾你的土；
我要变一只鸟，
我要飞出去！”

“我要变一只鸟，
我要飞出去！”

蓝妮是棵苦树，
苦树还想开花；
蓝妮是笼中鸟，
笼中那鸟要飞。
她要飞出去——
眼睛突然一闪，
墙壁似乎崩毁，

屋顶如像裂碎；
她的头顶上面，
有了个“一线天”；
沿着这一线天，
拼命地往外飞。
飞出了石堡，
飞回到石头村；
村里有条大泉，
落在那大泉边；
她向泉水问道：
“穷人有路走吗，
路在哪一边？”
泉水忧郁地答道：
“沙土把我压着，
我在沙土下面，
拼命往外流着，
不知哪是终点？”
她又飞到山顶，
找见那牧羊人；
这人就是金娃，
金娃也是穷人；
蓝妮又问金娃：
“苦海百万丈深，
几时能淘干？

人间这苦海呵，
几时才能填平？
真的我死了吗，
不能做一个人？”
金娃告诉她说：
“我听说解放军，
他们是开路人，
咱们要找路走，
只有等解放军！”
蓝妮正要展翅，
再往前面飞时，
睁开她的眼睛，
原来是一个梦。
身子还在暗牢，
头上还是屋顶。
还有一线希望，
还有一线光明，
留在她的身边，
把她向前牵引！

歇　店

石不烂走外去，
他又当了车手。

他本是赶车手，
一生跟着车转。
在家就是赶车，
走外还是把车赶。
一天他歇店，
有个兵问他：
“石不烂好老乡，
你赶过什么车？”
石不烂答道：
“我赶过佃户车。”
“嗯！嗯——
还赶过什么车？”
石不烂答道：
“我赶过卖命车。”
“嗯！嗯——
还赶过什么车？”
石不烂答道：
“我赶过求命车。”
那个兵又问：
“你这是什么车？”
“好同志，问得好，
我虽说赶车，
不是我赶车，
是车把我赶；

比如过高山，
车要走上坡，
车缓我也缓；
车要往下走，
我就跟着车兜[1]；
可是我这条命，
生来就要赶车；
赶着车找饭碗，
找一条活路走。
好同志，好朋友，
话又说回来，
天不转地转，
车不转人转，
我看共产党一来，
老天也开了口。
共产党说减租，
天底下有活路。
我呵石不烂，
眼下赶的车，
这车的名字，
也就叫找路。”

“听你这言语，
你像是飘流人？”

①追的意思

“我走遍天下，
赶的一挂车；
头上吹着风，
肩上淋着雨；
我也挨过刀砍，
也挨过枪打；
头枕西北岭，
脚踏弯弯岩；
天地就是房屋，
日月就是灯烛；
我虽没有穷相，
穷鬼把我抓住。
我是没根的树，
哪能不飘流？
我是没舵的船，
哪能不飘流？”

石不烂话说完，
坐到店家门口，
又唱又吆喝：
“老板娘快打酒。”
老板娘逗他说：
“过节不卖酒。”
他也逗老板娘：

“过节要烘火，
我有花一朵，
给你戴上呵。”
老板娘笑一笑：
“谢谢你石大哥。”
他把酒坛一拨，
又是唱又是说：
“卖啦也要喝，
不卖也要喝；
世道早变换，
有衣大伙穿；
有饭大伙吃，
有酒大伙喝。”
石不烂斟下酒，
唱起他的山歌。

“我找共产党，
共产党不见我。
共产党哪儿有，
我还没找见。
难道是路程远，
车儿赶不到？
难道是山高，
挡住了我的车？
难道是我呵，

我的歌没唱到？
难道是我呵，
我的心不诚？
若是山歌没唱到，
我再来唱呀；
若是心不诚，
我的心能掏出；
若是路程远，
毛主席！我赶车，
我接你老人家去，
请坐上我的车！
只要我石不烂，
和你能见一面，
我的眼就亮了，
我的心就亮了，
高山上的太阳，
照在石头上；
高山下的石头，
也要变成太阳！”

1946 年完成初稿